和谐校园文化建设读本

感悟亲情

柳 江/编写

吉林出版集团股份有限公司

吉林教育出版社

图书在版编目(CIP)数据

感悟亲情 / 柳江编写. —长春: 吉林教育出版社,
2012.6 (2023.2重印)
(和谐校园文化建设读本)
ISBN 978 - 7 - 5383 - 9016 - 2

Ⅰ. ①感… Ⅱ. ①柳… Ⅲ. ①故事—作品集—世界
Ⅳ. ①I14

中国版本图书馆 CIP 数据核字(2012)第 116278 号

感悟亲情

GANWU QINQING

柳 江 编写

策划编辑	刘 军　　潘宏竹		
责任编辑	刘桂琴	**装帧设计**	王洪义

出版	吉林出版集团股份有限公司(长春市福祉大路5788号　邮编 130118)
	吉林教育出版社(长春市同志街1991号　邮编 130021)
发行	吉林教育出版社
印刷	北京一鑫印务有限责任公司
开本	710 毫米×1000 毫米　1/16　　**印张** 9.5　　**字数** 121千字
版次	2012 年 6 月第 1 版　　**印次** 2023 年 2 月第 2 次印刷
书号	ISBN 978 - 7 - 5383 - 9016 - 2
定价	39.80 元

编　委　会

主　　编：王世斌

执行主编：王保华

编委会成员：尹英俊　尹曾花　付晓霞
　　　　　　刘　军　刘桂琴　刘　静
　　　　　　张　瑜　庞　博　姜　磊
　　　　　　潘宏竹
　　　　　　（按姓氏笔画排序）

总 序

千秋基业，教育为本；源浚流畅，本固枝荣。

什么是校园文化？所谓"文化"是人类所创造的精神财富的总和，如文学、艺术、教育、科学等。而"校园文化"是人类所创造的一切精神财富在校园中的集中体现。"和谐校园文化建设"，贵在和谐，重在建设。

建设和谐的校园文化，就是要改变僵化死板的教学模式，要引导学生走出教室，走进自然，了解社会，感悟人生，逐步读懂人生、自然、社会这三本大书。

深化教育改革，加快教育发展，构建和谐校园文化，"路漫漫其修远分"，奋斗正未有穷期。和谐校园文化建设的研究课题重大，意义重要，内涵丰富，是教育工作的一个永恒主题。和谐校园文化建设的实施方向正确，重点突出，是教育思想的根本转变和教育运行机制的全面更新。

我们出版的这套《和谐校园文化建设读本》，既有理论上的阐释，又有实践中的总结；既有学科领域的有益探索，又有教学管理方面的经验提炼；既有声情并茂的童年感悟；又有惟妙惟肖的机智幽默；既有古代哲人的至理名言，又有现代大师的谆谆教诲；既有自然科学各个领域的有趣知识；又有社会科学各个方面的启迪与感悟。笔触所及，涵盖了家庭教育、学校教育和社会教育的各个侧面以及教育教学工作的各个环节，全书立意深邃，观念新异，内容翔实，切合实际。

我们深信：广大中小学师生经过不平凡的奋斗历程，必将沐浴着时代的春风，吸吮着改革的甘露，认真地总结过去，正确地审视现在，科学地规划未来，以崭新的姿态向和谐校园文化建设的更高目标迈进。

让和谐校园文化之花灿然怒放！

本书编委会

目 录

日 记

◆文/佚 名

在麻栗坡老山前线，几个战士躲在猫耳洞内喘息着。阵地依然在敌人手上，他们一个连的战士冲锋了几次，都遇到了敌人猛烈火力的抵抗，阵地没有夺回来，战士也只剩下了这几个。

其中有个叫林锋的战士，他从怀里掏出一个日记本来，借着外面炮火的闪光匆匆地写着什么。旁边的一个战士探过头看了一眼，只见他写着"妈妈，我……"火光便熄灭了。休整了一会儿，他们又发起了一次冲锋，可是敌人的火力太强，他们被迫又退了回来。林锋又掏出了小本本，用铅笔写着什么，旁边的战士探过头看了一眼，依然只看到"妈妈，我……"便又是漆黑一片。

后来，后方部队来支援，他们成功地夺回了阵地，并乘胜向前挺进。林锋一直冲在最前面，虽然身上已多处负伤，可是却不能阻止他冲锋的脚步。每次战斗的空隙，他都要在日记本上写下几句话。

天刚放亮时，全面的大反攻开始了。林锋冲出掩护，向敌人的阵地扑去，身边的许多战士倒下了，他视而不见地大步向前。忽然，一颗子弹射中了他的头部，他倒下了。在地上，他吃力地掏出日记本，用尽最后的力气写下了一句话，便永远地闭上了眼睛。

战争胜利后，林锋的母亲来到那里的烈士陵园，在儿子的墓前久久地站立着。她的手上拿着那个小日记本，每一页上都写满了同一句话："妈妈，我还活着！"只是在后面的一页，写着另一句话，一句被鲜血染红的歪歪斜斜的话：

"妈妈,你要好好活着!"

日记上的一句"妈妈,我还活着",看似平常,却胜于人间万语千言!

祖母的眼镜

◆文/佚　名

　　祖母年轻时就近视，戴着厚边的近视镜，姑姑说是她少年时读书时近视的，父亲说是遗传的。我去问祖母，她自己也说不清楚。不过祖母的确喜欢读书，家里的藏书她大都看了，包括那些艰深乏味的哲学书籍。

　　有一次祖母又张罗着重配眼镜，每配一次度数就要增加很多。配好新眼镜后，祖母把原来的眼镜小心翼翼地放进了一个小木箱里，我过去一看，里面摆了几十副眼镜，那都是祖母用过的，祖母将它们收藏得好好的。

　　祖母一过 70 就不再看书了，因为她已很难看清书上的小字了。有时邻居家的人过来串门，她都看不清是谁了。我一买回新书来，祖母都要先拿过去，翻看几页便又还给我，轻声地叹息着。于是一有空我就给她念书听，祖母很高兴，逢人就说："我大孙子就是我的眼镜！"

　　祖母的视力越来越差，父亲想再为她换一副眼镜，可是到了配镜店，祖母试了好几个，度数都不行。后来店里的师傅对父亲说："老人家年纪大了，就别配镜子了，对眼睛也不好！"于是我们便回来了。那天祖母摘下她最后一副眼镜，说戴不戴都一样了。她把眼镜锁进了小木箱，动作缓慢而伤感。我跑过去对她说："奶奶，我永远做你的眼镜！"祖母轻抚着我的头说："好孩子！"

　　可是我没能守在祖母身旁做她的眼镜，一年后我去外地上了大学，后来又在外地参加了工作，一年也难得回去一次。在电话里听父亲说祖母的眼睛几乎什么也看不见了，毕竟年岁大了。当时我有了想哭的冲动。

去年祖母过八十大寿，我赶了回去，叔叔、大爷、姑姑他们全都回来了，祖母在儿女们及孙子、孙女、外孙子、外孙女的簇拥下开心地笑着。奇怪的是，平时连人影都看不清的祖母，竟能看清我们，不会叫错任何一个人。这让我们深深地感动。

忽然明白，祖母之所以能看清她的儿孙们，是因为她的心里有一副眼镜啊！祖母对我们那份深深的爱，就是她永远清晰的眼镜啊！

从瞬间到永恒

爱，是暗夜里的一盏明灯。祖母的眼睛几乎什么也看不见了，可她却能看清"我们"，这不正是爱的奇迹吗？

最美的药味

◆文/佚名

那一年我在街角的一家中药铺打工，主要工作是卖中草药和中成药。药铺生意还不错，而且免费代熬中草药，每天来买药、熬药的人很多。那时药铺周围弥漫着浓浓的中药味儿，路边的行人往往是掩鼻而行。

不知从哪一天起，我发现有一个十三四岁的少年每天都要在药铺前的台阶上坐一会儿。有时是中午，有时是晚上，晚上他背着书包，看样子是不远处那所中学里的学生。他就那样静静地坐在台阶上，脸上带着微笑，神情很安详平静。一开始我以为是个放学后贪玩儿的孩子，可是时间长了就觉得不对，因为他根本就不玩儿什么，只是在那里发呆，这让我很奇怪。

有一天药铺停业清点，周围空气难得清新起来。傍晚时那个孩子又出现了，他并没有像往常一样坐在台阶上，而是在药铺门前来回地走着，一副若有所失的样子，最后他黯然地离开了。我第一次发现他的背影是那样的落寞。忽然明白，他也许就是来闻闻那熬药的气味吧！可是中药的味道苦涩无比，别人都是避之不及，他怎么喜欢这种味道呢？

那个有着很好晚霞的傍晚，我终于站在他的面前。他仿佛从遐想中惊醒，我轻声地问："你很喜欢中药的味道吗？"他看了看我，然后点了点头。我又问："很难闻的啊，你为什么喜欢呢？"他抬起头来，轻轻地说："我就是在这种气味中长大的！"见我不解的神情，他慢慢地向我讲述着他的故事。在记忆中，他的母亲就是常年喝中药的，身体从来没有好过。

小小的年纪,他便能给母亲熬中药了。母亲虽然常年有病,可是对他却依然是关心备至,这让他感动至极。于是他每天殷勤地熬药,希望母亲的病能早日好起来。

我问:"你妈妈现在一定全好了吧?"他摇摇头,说:"三年前,妈妈便去世了!"我一时黯然,不知该说些什么话来安慰他。他看着远方,说:"第一次经过这里时,闻到熬药的味儿,我一下子就想到了妈妈,想起了她在时的那些日子,心里就觉得暖暖的。于是我就每天来这里坐上一会儿,在这种气味儿里,我就像回到了从前一样,觉得妈妈正在屋里等着喝药呢!"他的脸上露出了微笑,一下子把我的心照得暖暖的。

那个傍晚,我陪他在台阶上坐了很久,觉得自己心里有些东西不知不觉地在融化着,心变得濡湿起来。世间的每一种美丽情感都会撞痛我的心,让我常常想起自己深深记挂着的亲人,在氤氲的药味儿中,我的灵魂又一次受到了全新的洗礼,我会好好去爱亲人,不论他们在或不在,因为是他们给了我最美的回忆和最好的生活。

从瞬间到永恒

世间最美的气味不是来自于精致的菜肴或者名贵的香水,而是与亲人息息相关的苦涩的中药味。

爱的勇气

◆文/佚　名

一架飞机上,乘客们都在休息。很多人都是外出出差的商务人员,大都在看报纸或喝咖啡。飞机里安静得很,一切看上去都很正常,只有空姐来来去去地给乘客送饮料或食物。

正在这时,飞机忽然晃了一下。有几位乘客的眉头皱了起来,他们好像预感到了有什么事情要发生似的。几分钟后,飞机开始颠簸。所有的人都开始慌乱起来。广播里传来机长镇定的声音:"各位乘客你们好,飞机现在出了一点小小的故障,但是大家不要担心,我们一定会想办法保证大家的安全。请各位系好安全带,我们的乘务员会告诉大家紧急情况下的应急措施,请大家协助好我们的工作。"

飞机摇晃得越来越厉害,有几个乘客已经叫出了声,还传出了孩子的哭声。人们在灾难面前再也不能保持当初的安静了,即使是那些平时沉着冷静的商务人员也开始变得慌乱。

飞机失控了,开始上下摇晃,随后飞快地向下冲。这时,机长的声音再次响起:"各位乘客,我们飞机的鼻轮出了故障,电脑显示失灵了,飞机在急速下降。如果鼻轮能够和着陆齿轮完全咬合,我们就是安全的。大家放心,我们会采取一切措施避免飞机出事的。请大家系好自己的降落伞,一旦飞机无法安全着陆,大家要根据我们的乘务员教给大家的方法逃生。"

乘客们变得更加紧张,所有的人都在叫喊或发抖。

只有一个人是镇静的,那是一位抱孩子的妈妈。她神态自若地抱起自己的孩子，没有一丝紧张慌乱。她用天使一般的声音说道："孩子，你是否肯定地相信我爱你胜过世间的一切？无论发生什么事情，我都将永远爱你。不要怕，我和你在一起。你是一个很好的孩子，世界上最好的孩子。有些时候，我们的生活会发生一些意外，但那不是你我的错，你仍然是一个最好的孩子。我的爱永远伴随着你。"说完，她用自己的身体轻轻地遮挡住了自己的孩子，就像是要守护住自己的世界。

幸运的是，飞机安然脱险，平安降落。那个妈妈的姿势，成为所有人心目中母爱的姿势，感动着在场的每一个人。

从瞬间到永恒

爱就是这样无私的一种情感。当一个人在爱着的时候，他就有一种想要献身的情感，愿意用自己的生命去守护住那样一个字：爱。即使牺牲自己也要成全所爱的人，这就是爱的真正含义。守住爱，他们也就守住了自己最最深刻的感情，守住了自己的全部。

千万不能松手

◆文/佚　名

　　她是山区里一个普普通通的 7 岁小女孩,家境贫寒。父亲常年在省城打工,家里只有她和母亲相依为命。本来日子很平淡,可是母亲再次怀孕了,她怀疑母亲不喜欢她,不然为什么还要生一个小弟弟。母亲的肚子一天天大起来,她心底的怨恨也渐渐增多了。所以,母亲喊她帮忙做事时,她总是假装听不到,溜到门外的小树旁玩。

　　那是一棵在她出生时种下的和她同龄的小树。树长得很小,只有杯口粗细,树叶也是稀稀落落。她一天比一天沉默,常常在小树下想着弟弟出生后自己将要遭受的冷落,默默流下泪来。

　　一天晚上,她正在院子里收衣服,偶然抬头,看到远处一条黑线迅速地向她家的方向推进着。她转身喊母亲:"你看那是什么?"顷刻间,洪水席卷而至。

　　"嘭"的一声,洪水冲破了门窗,她被这样的景象惊得大哭。母亲一把抱住她,奋力举起她的身体。水流很急,求生的本能让她随手抓住了小树,母亲笨拙地拖着五个月身孕的身体也艰难地抓住了小树。

　　洪水还在疯涨着,水已经淹过了她的脚,母亲使劲地腾出一只手托起她,一直托过自己的头顶。大水里,她们看不清周围的情况,小树成为她们唯一的依靠。可是,那样一棵纤细的小树根本不足以支撑她们两个人的重量。在急流里，小树摇晃着。母亲深深地看了她一眼，突然放开了手。

在湍急的洪水中，母亲的身影很快成了一个小黑点，但还是挣扎着回头喊："抱紧啊，千万不能松手。"

她还没弄明白发生了什么事，世界已经全部改变了。她徒劳地喊着自己的母亲，可是，没有回答。水势上涨着，她的腰被淹没在水里。她尖叫起来，又冷又饿又怕，嗓子哭哑了，也没有人能够听到。但是，她牢记着母亲的嘱托，紧紧地抱着小树，一刻也没有松开。

10个小时之后，搜救的小船发现了她，她成为这次洪灾中第一个被救的人。当她被救上小船时，已经衣衫尽破，手指僵硬，伸也伸不开了。她的母亲永远地沉没在了洪水中，还有那个没有出生的弟弟……

从瞬间到永恒

她再也不会吃弟弟的醋，她开始明白：在那生死存亡的关键时刻，挺身救起她的，就是被她忽略掉的爱。

我为姐姐唱首歌

◆文/佚　名

　　邻家有个9岁的小女孩，是弱智，而且口齿不清，一说话就淌口水，父母都不喜欢她，只有姐姐照顾她，要不她早就冻死在外面了。姐姐一点也不嫌她脏，每天都帮她洗澡梳头，而她只知道傻笑，或者嘴里含混地说着谁也听不清的话。

　　有一次，她一个人在外面玩，走着走着便找不到回家的路了，便顺着路一直走下去。晚上的时候，姐姐发现她没有回来，便急忙出去找，走遍小城，打听了许多人，最后终于在郊区的派出所找到了她。抱着妹妹，姐姐的脸上淌下了眼泪。从那以后，姐姐便不让她自己出去，一直把她带在身边。姐姐曾两次把她送去幼儿园，却都被老师给送了回来。于是姐姐便自己教她识字，虽然这很难很难，可她从不放弃。她甚至教妹妹唱歌，唱那首"我们的祖国是花园，花园的花朵真鲜艳"，一遍一遍，可是妹妹只是大声地哼着，根本听不清歌词和曲调。姐姐就天天教她，她相信妹妹总有一天能学会的。

　　姐姐出嫁的那天，爸爸妈妈把她锁在了家里，不让她去参加婚礼。新婚庆典正在进行的时候，姐姐发现妹妹忽然跑了进来，裤子在膝盖处破了一个口子，有血正渗出来。她紧紧地抱住妹妹，难以相信弱智的妹妹怎样从家中的窗户跳出来，又找到了这个酒店。妹妹忽然从她的怀里挣脱出来，从主持人的手里要过话筒，"咿咿呀呀"地说了起来，人们能听清她说的是"我要给姐姐唱首歌"。说完她便大声地唱起来，实际上那不是唱，而是在喊，喊些什么谁也听不懂。而姐姐却很熟悉，她唱的正是自已教过她无数遍的《我们的祖国是花园》。唱完后，所有的人都鼓起了掌，没有一个人笑。在众多的宾朋面前，姐姐泪流满面。

　　婚后的姐姐仍然关心着她，终于，她的智力开始慢慢地恢复。后来，她上了小学，并跳了两次级。在姐姐爱的滋润下，她慢慢地成长着。在姐姐结婚5周年的纪念酒会上，已读初中的她忽然站起来，深情地对姐姐说："姐姐，谢谢这些年来你对我的爱，让我为你唱首歌吧!"然后她大声地唱起来："我们的祖国是花园，花园的花朵真鲜艳……"

　　在姐姐心中，爱是一首唱不完的歌，日复一日，不知疲倦。在妹妹心中又何尝不是这样的呢？一首歌开了头，就再也没有停过。

用爱的眼睛看真情

◆文/雨　波

我第一次见到老叔，是在十岁的那年夏天，和爸爸一起回老家的时候。老叔站在大大的院子中央，见到了我，就欣喜若狂地跑过来抱我，结果我却哇的一声大哭了起来。那么毫无遮拦的哭声，使老叔感到尴尬不知所措，立刻放开了手。从那以后，老叔再也没有抱过我，甚至从不靠近，他是怕我再被他的坏眼睛吓着。他的右眼球，被一个很古怪的玻璃球体代替，像死鱼的眼睛，圆鼓鼓地翻着，看上去可怕极了。那时的我还不知道，我的哭声不仅仅刺痛了老叔的心，还揭开了爸爸的旧伤疤。

农村的邻居热情好客，知道爸爸回来，就纷纷过来看望，这使爸爸的探亲也添了些衣锦还乡的味道。大家一边拍着爸爸的手，一边就说起来："将来有了出息，一定不能忘记这里的人。"说着说着，不由自主地说到了老叔。"看你弟弟有多可怜，你能帮也帮帮他。"一说到此，爸爸总是显得沉默，这样的话不断在耳边重复，渐渐就有了不同的意味。

直到后来，听到了爷爷和爸爸的谈话，我才知道了事情的真相，原来，老叔是因为爸爸才变成残疾人的。大概在他们十五六岁的时候，爸爸生病高烧不退，老叔深夜走十几里地给爸爸找大夫，结果在回来的途中从山上滚了下去，剐瞎了眼睛。农村人迷信，都说那一夜陈家的孩子注定要有一个成残疾，不是老叔翻下山变成残疾人，就是爸爸发烧变成哑巴，结果是老叔代替了父亲，变成了独眼瞎。

爷爷对爸爸说："你带他到城里去吧，他总不能一辈子都跟着我们。当兵不行，去工厂当工人，人家还嫌他是个独眼瞎。除了你，他谁也靠不上，你就帮帮他，再说，他也是因为……"话说到这里，爸爸就扭头干别的去了。他这次回来，本来就是为了接老叔进城，可话经爷爷这么一说，经人们这么一议论，就完全变了味道，仿佛他是夺走老叔一切的人。似乎每个人的话里都隐藏了这样的含义：如果老叔不变成盲人，那个衣锦还乡的人就应该是老叔，而那另一个走投无路、只能一辈子种地的人应该是他。

老叔来到城里之后，爸爸就到处奔波为他打听工作。先是介绍他到瓜子厂当工人，老叔抱着铺盖去了，没有一个礼拜就回来了。老叔被开除了，因为有人看见，他半夜起来拿着布袋偷瓜子。爸爸大发雷霆，骂老叔是个无赖，简直是给他丢脸。都是脾气暴躁的人，谁也不懂得谦让，越吵越凶，直到爸爸高声喊："算我欠你，我一辈子欠你还不行吗？"他们就谁也不再吵了，这句话像紧箍咒，勒紧了他们的痛处。

后来爸爸又把老叔介绍到朋友开的轧钢厂，帮人家过磅。可是他去了没几天，厂里又开始丢东西。这一次，人家还没说什么，爸爸就首先怀疑到了老叔，把他领回了家，那时他们已经很少说话了，一说话就会大吵起来，他们之间的争吵，就像齿轮间的沙砾，磨损着他们的亲情，可是谁也不会停下来，静一静，想办法把沙砾拿掉。爸爸对老叔那么无能为力，对老叔的愧疚却深深地压着他，他总是重复着一句话："谁让咱欠他的呢！"

爸爸就这样被愧疚压得喘不过气，仿佛他为老叔做的一切都不是为了老叔，而是为了偿还那样一笔心债。仿佛他们已经不再是最好的伙伴、朋友、亲人，仿佛连接他们的只有那一丝愧疚。老叔成了他的负担，从最亲的亲人变成了最远的人。老叔结婚的时候，我妈妈为他们做了被套和枕头，可他都没来道一声谢。从老叔到运输队工作以后，爸爸就再也没让老叔来家里吃过饭。爸爸说："让他结了婚有了工作，我欠他的也还得差不多了。"可是不久，爸爸就又欠了老叔一个人情。

那是一个冬天，爸爸体检查出盲肠上长了一个瘤。医生说是良性的，做了手术就没事了。爸爸住院的日子，突然有一天，老叔讪讪地走了进来，也不吭声，坐在靠窗的椅子上，吧嗒吧嗒地抽着烟。他不说话，父亲也不会先开口，就像他们互不理睬的这些年，僵持已经成了习惯。后来还是爸爸忍不住，气势汹汹地问："你来干什么？"老叔也不答话，只是体贴备至，日日夜夜地陪伴，夜里让我们回去休息。偶尔出去买一些用品，回来拿一个小本子记呀记——他在记账。有一次他出去之后，爸爸很生气地对我说："看到了吧，他把账记得一笔是一笔，指望着将来和我算清楚呢！"说着，顺手拿起那个本子翻，却看到上面写着："给哥哥买一副钓得乐渔具，给嫂子买一个厨宝，不能再让她用凉水了……"原来，他是在我们说话的时候，听到父亲说想去钓鱼，还说起妈妈的关节炎。爸爸不再说话，把头扭到了一边。

爸爸动手术的前一天，医生说爸爸血象偏低，只能先输点血，可是医院还有一个急需用血者，没有多余的血，爸爸只能推后手术。妈妈一听就急了，她实在不想看爸爸躺在床上那么难受，于是跑过去问医生："能不能再想想其他办法？"医生说："你们家里人谁是 A 型血，也可以捐献。"于是老叔急忙跑过去说："我是 A 型，我献。"

当那温热的液体送进病房，爸爸知道是老叔为他献的血时，当场大发雷霆，他说："我不愿再欠你的了，我不稀罕你的血。"老叔一句话都不说，静静地坐在角落里，突然间难以按捺地哭了起来，就那样抱着头，放肆得像个孩子似的哭着。满屋的人都在看他，他也不在乎，就那么一直哭，仿佛有多少的委屈都要靠这眼泪才能够流尽。等到他哭累了，才慢慢抬起头对爸爸说："这么多年，你为什么还是放不下那件事，我从来没有怪过你，可是哥，你也不要怪我了！我给你买了渔具，你一定要好起来……"说着又是一阵泣不成声。我渐渐从他的话里明白，他是把我爸爸的病当成癌症了。爸爸眼睛一直都不看他，始终盯着天花板，在那一瞬间,他还想用他一贯的冷漠和疏离包裹自己,而眼泪还是那么不争气地流了下来。

那夜,爸爸给我讲了许多他童年时的故事。那个时候,他们是那样相亲相爱。他和老叔提着篮子给爷爷打酒,他伸出黑黑的小手说:"弟弟,我有一毛钱,哥请你吃糯米团。"然后两个人美滋滋地吃着糯米团回家,到家后才发现篮子里找的钱丢了。两人动也不敢动,站在院子里听爷爷大发雷霆,没有勇气承认是自己弄丢了钱,最后还是老叔走过去说:"我把钱买糯米团了。"那天爷爷没有动手打人,但爸爸吃饭的时候,却可以透过窗户看到在毒日头下罚站的老叔。他说:"我总是欠着他,从他在太阳下罚站开始。"

后来我站在医院的走廊里,费尽口舌才给老叔讲清楚,爸爸的病和癌症还是有区别的。直到最后,他才露出那么欣慰的笑。高兴的时候,他又要给我爸爸去买橘子,那是我爸最爱吃的水果。他说:"你爸最爱吃的就是糯米团、瓜子和橘子,现在糯米团已经绝迹了。"说起瓜子,他无意中说起了那件爸爸永不原谅他的事,就是那一年他偷了厂里的瓜子,他只是想装一口袋带回来给爸爸吃。他这样说的时候,我能感到他因为那件事所经受的世态炎凉。他没和爸爸解释过这件事,爸爸的愧疚已经把他们隔得太远。

现在我才明白,若干年前老叔跌伤了眼睛,可他的心灵还是明亮的。被蒙住心灵的是爸爸,他的愧疚让他看不到真情——有的真情,只有用爱的眼睛才能够看到。

我对爸爸说,也许没有可以称量亲情的天平。就像买橘子,你要五斤,他总不能给你放到正好,多一个秤高,少一个秤低。真情放在天平上,也总是一边高一边低,一味斤斤计较,计算着谁付出得多,谁得到得少,只会让你看不到亲情的重量。爸爸点点头,他明白了我的意思。

那天爸爸出院,老叔也去接他,当走出门口的时候,他对老叔说:"二宝,去我家吃饭,带上孩子他妈。"这么多年,我爸爸第一次叫了老叔的小名,我也第一次看到老叔那么快乐地笑,原来他等待的,不过是这样温情的一句话,就像小的时候,爸爸伸出黑糊糊的手说:"弟弟,我有一毛钱,哥请你吃糯米团。"

当爸爸明白老叔对他一如既往的手足情时,"我"才懂得,用爱的眼睛看世界,世界才会赐予你真情。

永不道别,不必悲哀

◆文/博伊尔斯

我那年才10岁,却陡然陷入了极度痛苦之中,因为我即将远离熟悉的家乡。尽管我还年幼,但这短暂的时光中的每时每刻都是在这个古老而庞大的家族中度过的,这里凝聚着四代人的欢乐与苦楚。

最后的一天终于来临了。我一个人偷偷地跑到我的避难所——那个带顶棚的游廊,独自悄悄地坐着,身子不断地抽搐,伤心的泪水如泉水一般直往外流。突然间,我感到一只大手在轻轻地抚摸着我的肩膀,抬头一看,原来是外祖父。"不好受吧,比利?"他问道,随后坐在我旁边的石阶上。"外祖父,"我擦着泪汪汪的眼睛问道,"这可让我怎么向您和我的小伙伴们道别呀?"他盯着远处的苹果树,静静地望了好一会儿才说道:"再见这个字眼太令人伤感了,好像是永别一般,而且还过于冷漠。看起来似乎我们有许许多多道别的方式,但都离不开'悲伤'这两个字。"我依然直直地盯着他的脸,他却慢慢地把我的小手放到他那双大手之中,轻声说道:"跟我来,小家伙。"

我们手牵着手,来到前院,这是他最为珍爱的地方,那里长着一株巨大的红色玫瑰树。

"比利,你看到什么了?"

我眼睁睁地看着这些开得正旺的玫瑰花,心里却不知说些什么,就冒失地回答:"外祖父,我见到的是又轻柔又漂亮的花呀! 真是美极了!"

他屈膝跪了下来,把我拉到他身边,说:"的确美极了。但这不仅仅是玫瑰本身美,比利,更重要的是你心目中那块特殊领地才使得它们这样美。"

他与我的视线相遇了。"比利,这些玫瑰是我很久很久以前种下的,那时你妈甚至还不知在哪儿呢。我的大孩子出生那天,我栽下了这些玫瑰,这是我对上天感恩的一种特殊方式。那孩子和你一样,也叫比利,过去我常常看着他摘那些花,献给他妈妈……"

外祖父已是老泪纵横了(在这以前,我还从未见他流过泪呢),声音也随之哽咽了。

"一天,可怕的战争终于爆发了,我儿子和其他许许多多的孩子一道远离家乡去前线。我和他一道步行,到了火车站……十个月过去了,我收到了一封电报,原来比利已在意大利的一个小村庄牺牲了。我所能记起的一切就是他一生中与我最后说的话就是'再见'。"

外祖父缓缓地站起来,说:"比利,今后永远不要说再见。千万不要被世上的悲哀与孤独缠绕。相反,我倒希望你能记住第一次对朋友问候时那种幸福愉快之情。把这个不同寻常的问候牢牢铭刻在心中,就如同太阳照在身上,暖烘烘的。当你和朋友们分离时,想远一些,特别是记住第一次问好。"

一年半过去了,外祖父重病缠身,生命垂危。几个星期后从医院回来,他又选择了靠窗那张床,以便能看到他所珍爱的玫瑰树。

一天,家里人都被召集到一块来了,我又回到了这幢旧房子里。按常规,长孙也有与外祖父告别的机会。

轮到我了,我注意到外祖父已是疲倦不堪,眼睛紧闭,呼吸缓慢而且沉重。

我轻松地握着他的手,正如当初他拉着我的手一样。

"您好，外祖父。"我轻轻地向他问候，他的眼睛缓缓地睁开了。

"你好，我的朋友。"他说道，脸上掠过一丝微笑，眼睛又闭上了。我赶紧离开了。

我静静地伫立在玫瑰树旁边，这时，我叔叔走过来告诉我外祖父过世了。我不由得又想起外祖父的话和形成我们友谊的那种特殊感情。突然间，我真正领悟出他说永不道别和不必悲哀的真正涵义。

从瞬间到永恒

不再说"再见"，是外祖父信奉的人生信条，也是他留给我的珍贵的精神财富。

第一百个客人

◆ 文/佚 名

客人最高峰的时段已经过去了，原本拥挤的小吃店，客人都陆续散去。老板正要喘口气喝点茶的时候，有人走了进来，是一个年近花甲的老婆婆和一个小男孩儿。

老婆婆坐下来拿出钱袋数了数，叫了一碗牛肉面。不一会儿，热气腾腾的牛肉面就端了上来，她却将碗推到小男孩儿面前。小男孩儿吞了吞口水望着她说："婆婆，您真的吃过饭了吗？""当然了。"老婆婆把一块萝卜泡菜放进嘴里慢慢咀嚼着。一眨眼工夫，小男孩儿就把一碗牛肉面吃个精光。

老板把这一切都看在眼里，于是，他走到老婆婆面前说："老太太，恭喜您啦，您运气真好，今天是我们店开业的第二个月整，您又恰好是我们今天的第一百个客人，所以这碗牛肉面，我们免费赠送。"

原来，这家饭店开业时决定，开业的前3个月，为了庆贺开店大吉，每个月的第一天的第100位客人都免费赠送一碗牛肉面。

没想到，就在第三个月的第一天，小男孩儿早早的就蹲在小吃店对面，像是在数着什么东西，老板吓了一大跳。原来小男孩儿正在数进店客人的数目，可惜的是，午餐时间都快过去了，客人的数目还不到90个。

老板看在眼里，忍不住给自己的几个亲戚朋友打去电话："忙吗？还没吃饭吧？没什么事来我的小吃店吧，今天我请客。"这样过后不一会儿，客人开始一个接一个地到来。"91，92，93……"小男孩儿数得越来越高兴。终于，当第99个客人走进小吃店的那一刻，小男孩儿匆忙地拉着老婆婆的手走了进来。

"婆婆，这一次换我请客了。"小男孩儿有些得意地说。真正成为第100个客人的奶奶，让孙子招待了一碗热腾腾的牛肉面。而小男孩儿就像奶奶之前做的一样，含了块萝卜泡菜在口中有滋有味地咀嚼着。

"也送一碗给那个小男孩儿吧。"老板娘不忍心地说。

"那小男孩儿现在正在学习不吃东西也会饱的道理哩!"老板回答。

只见吃得津津有味的奶奶忍不住问孙子:"孩子，你也吃些吧?"没想到，小男孩儿拍着自己的肚子说:"不用了，婆婆，我已经吃饱了，您看……"

从瞬间到永恒

　　小男孩为奶奶等到了免费牛肉面，自己却没有吃一口，从这一刻开始，小男孩学会了感恩。

这辈子，我还能见爹娘几次

◆文/张　斌

朋友从广州来到苏州找工作，为了一个漂亮的借口："苏州与故乡（故乡远在武陵群山中端）处在同一纬度上，从地理意义上说，我没有流浪。"我一时找不出话语来反驳，因为，一个游子永远无法拒绝故乡。

朋友的话很多，大都与故乡有关。他那唠唠叨叨拉家常式的话语常使我产生幻觉：一个离家几十年的老人，在向我打听有关故乡的事情。话多为反问，常常让我无话可言。这让我想起了王维的《杂诗》："君自故乡来，应知故乡事。来日绮窗前，寒梅着花未？"以"本空"为世界观，以自然适宜为人生哲学的王维，即使在故乡这样宏大的叙事上，也显示出了超拔于清净与广大的从容恬淡。

其实，朋友并不要我回答。因为，每一个远离故乡的人，需要的是一种心理的呼应、一种情感的融合、一次思想的回归。

晚上，朋友点名要到一家叫"湘味餐馆"的饭馆吃饭，他说，那里有故乡的味道。进去时，我一再强调，今晚，不谈故乡。

没想到，三杯两盏淡酒下肚后，我们不约而同地就谈到了家，谈到了父母，谈到了故乡。朋友突然问我，春节回不回家。我不假思索地回答，不回。我找了很多理由：比如腊月二十六才放假，路上得花四天多的时间；比如春运车费太贵，车票太紧张；比如上班时间早，在家待不了几天……朋友打断了我，一脸的苦笑。

他痴痴地盯着手中转动的酒杯，壁灯柔和的红光映在他的脸上，若隐若现。旁边，有几个和我们年龄相仿的年轻人，正在谈论买车票回家的事情,抱怨票难买,家难回。朋友端起酒杯,对我说,这里面有家的影子,然后一饮而尽。

我知道,朋友要醉了。朋友说:"我没醉。你算算,这辈子我们还能和父母见几回?"我顿时紧张起来,我不敢想。

有人说,家就是有个人点着灯在等你。

娘说,家就是屋顶的炊烟。

从最初屋顶缥缈的炊烟,到日思夜盼的家信,到只能在璀璨的夜灯下遥想,我对家的概念变得逐渐抽象起来,以至于现在我找不出一句完整的语言来阐释家的内涵。种种迹象表明,我离故乡渐远,离家渐远,离爹娘渐远。

朋友说:"你算算,爹娘现在50多岁,假若他们能活到一百岁,我们保证一年能回去一次,还能够见几回面?倘若有事耽搁,两年或者更长时间才回去的话……"我打断朋友的话,端起酒杯猛一仰头,剧烈的辣味刺激着全身每一根血管,久久不能释怀。

第二天,朋友回去了,他已经有两年没有回家了。

我仍然没有回去。我说我要在朋友返回之前算完那道算术题:这辈子,我还能见爹娘几次?

从瞬间到永恒

"树欲静而风不止,子欲养而亲不待。"从现在开始,多陪陪父母,将是比工作更重要的事情。

外婆的硬币

◆文/曾庆宁

那年冬天,居住在美国西北部的我们刚经历了被称为"哥伦布暴风雪"的灾害性天气,无情的暴风雪和肆虐的狂风摧毁了很多房屋和树木。空气中弥漫着刺骨的寒冷,将我们的房子变成了一个冰窖。

父亲点燃了壁炉里的木柴,我们兄弟姐妹便一窝蜂似的跑到壁炉前面取暖。木头发出"噼噼啪啪"的响声,赤红的火舌舔着炉膛,我感到胸前逐渐暖和起来。然而,正当我闭着眼睛背对着火炉,享受炉火带来的惬意时,不幸降临了。不知何时,一个从壁炉里溅出的火星点燃了我棉睡衣的背后。等被发现时,火星变成火舌开始吞噬着我的睡衣。空气中夹杂着炭火味,棉絮烧煳的味道和我身上的肉被烧焦的味道。一阵剧痛后,我失去了知觉。

醒来时,我已躺在医院的病床上,医生告诉母亲,我左腿背部的皮肤和神经组织被严重烧伤。由于伤势很严重,医生严肃地对母亲说:"美洛蒂的伤势很重,植皮手术做完后,她的一只脚可能会僵硬,也就是说她只能一只脚走路。当然,幸运的话,她能恢复到不靠拐杖一瘸一拐地走路。"母亲听到医生的警告后痛哭流涕。

腿上伤口的恢复是一个非常痛苦的过程。此后几个月,我每天都得换包扎伤口的纱布。其间,医生把我臀部的皮一点点植到了左腿烧伤部位。那是我有生以来身体经历过的最痛苦的时候。

下半身的任何一点活动都会带来巨大的痛楚,要想站起来走路简直是天方夜谭。伤口愈合的初始阶段,那种疼痛是常人无法忍受的。任何腿部活动对于我都是一种折磨,我只能整天静静地躺着。

外婆住在附近的小镇上,离我家有五英里远。我受伤后,外婆每天一大早就赶过来看我,直到傍晚才回她自己家,从未中断过。

外婆决不能接受我瘸着腿走路或者用一只脚走路的想法,也决不允许别人说这样的丧气话。她总是用她干枯的手抚摩着我的额头,说:"亲爱的,你一定会站起来,用双腿走路的!"那时候,外婆每天都会鼓励我,想出各种各样的办法来哄我活动那只伤脚。为了让外婆高兴,我宁愿忍着剧痛,噙着眼泪活动那只受伤的脚。

有一次,移动伤脚时产生的剧烈疼痛到了无法忍受的地步,我号啕大哭,决定放弃取悦外婆,我哭着对她说:"外婆,我的脚实在太痛了,我不想再走,永远也不想再动它一下。"

在我拒绝练习走路一天后,外婆带来一个蓝色的布袋子。她对着我神秘地笑了笑:"亲爱的,你知道这里面是什么吗?"

外婆拿起布袋摇了摇,里面传来悦耳的金属碰撞声。"哦,我知道了,是硬币。"外婆居然带了一袋子硬币过来,一枚硬币对于一个小孩来说是一笔不小的数目,一美分能买到一把做成动物模样的果糖呢。躺在沙发上,我可以清楚地看到那个袋子里的那些鼓鼓囊囊的硬币,我从来没有见过那么多的硬币。它们让我想起那些美丽的果糖,我异常兴奋,忘记了疼痛。

外婆说:"你如果能站起来,我就奖给你一枚硬币。"我是多么渴望得到一枚硬币啊! 所以,我忍着疼痛站了起来,外婆微笑着将一枚崭新的硬币放在了我的掌心。我很快又坐下了,因为刺骨的疼痛噬咬着我的伤脚。外婆盯着我的眼睛说:"我这里还有很多硬币。就照着刚才那样做,亲爱的,再站起来一次。"我重新站了起来,外婆果然又在我的掌上放了一枚崭新的硬币。

此后几个月,外婆每天都用这样的方法鼓励我站起来,鼓励我迈开步子。其间，我多次听到外婆对母亲说："我对这孩子的未来始终充满信心，我决不会看着她瘸腿或者单脚走路。"

一天，我问外婆："外婆，如果您的硬币用完了该怎么办呢？"外婆微笑着对我坚定地说道："亲爱的，不要担心外婆会用光硬币，我会把世界上所有的硬币都找来给你。"

奇迹真的出现了，一年后我居然可以在门口悠闲地散步，像所有健康的孩子那样轻轻松松、稳稳当当地走路。给我动过手术的医生看到我的变化后非常惊讶："我治疗烧伤患者这么多年，从没有看到过一只严重烧伤的腿能恢复得如此彻底，真是奇迹！"

外婆去世的那年，我已经长成了大姑娘。那天从墓地返家的途中，母亲告诉我："你外婆万万不能接受你成人后跛脚或单脚走路。她每天都祈祷，希望你能康复，像正常人那样走路。"

"我知道她一直希望我能像健康人那样行走。"我说。接着，我问母亲："妈妈，您知道外婆从哪里弄到那么多硬币吗？"母亲回答说："你知道吗？外公去世后，她就靠着政府给的一点救济金过活，生活非常拮据。外婆把毕生的积蓄和救济金都换成硬币给你了。"那一刻，我泪流满面。

直到那时，我才明白，正是外婆给了我后半生的幸福。那些每天被当做励志礼物的银色硬币，饱含着外婆对生活的信念和勇气，也饱含着外婆对我最无私、最深沉的爱。

从瞬间到永恒

外婆的硬币给了"我"站起来的勇气，这硬币里面又何尝没有外婆对"我"刻骨铭心的爱和无微不至的关怀呢？

母亲的来信

◆文/拉夫琴科

母亲来信了。

在初来城里的日子，文卡总是焦急地等待着母亲的信，一收到信，便急不可待地拆开，贪婪地读着。半年以后，他已是没精打采地拆信了，脸上露出讥诮的冷笑——信中那老一套的内容，不消看他也早知道了。

母亲每周都寄来一封信，开头总是千篇一律："我亲爱的宝贝小文卡，早上（或晚上）好！这是妈妈在给你写信，向你亲切问好，带给你我最良好的祝愿，祝你健康幸福。我在这封短信里首先要告诉你的是，感谢上天，我活着，身体也好，这也是你的愿望。我还急于告诉你：我日子过得挺好……"

每封信的结尾也没什么区别："信快结束了，好儿子，我恳求你，我祈祷你别和坏人混在一起，别喝伏特加，要尊敬长者，好好保重自己。在这个世界上你是我唯一的亲人，要是你出了什么事，那我就肯定活不成了。信就写到这里，盼望你的回信，好儿子。吻你，你的妈妈。"

因此，文卡只读信的中间一段。一边读一边轻蔑地蹙起眉头，对妈妈的生活兴趣感到不可理解。尽写些鸡毛蒜皮，什么邻居的羊钻进了帕什卡·沃罗恩佐的园子里，把他的白菜全啃坏了；什么瓦莉卡·乌捷舍娃没有嫁给斯杰潘·罗什金，而嫁给了科利卡·扎米亚京；什么商店里终于运来了紧俏的小头巾——这种头巾在这里，在城里，要多少有多少。

文卡把看过的信扔进床头柜，然后就忘得一干二净，直到收到下一封母亲泪痕斑斑的来信，其中照例是恳求他写封回信。

文卡把刚收到的信塞进衣兜,穿过下班后变得喧闹的宿舍走廊,走进自己的房间……

今天发了工资。小伙子们准备上街:忙着熨衬衫、长裤,打听谁要到哪儿去,跟谁有约会等等。

文卡故意慢吞吞地脱下衣服,洗了澡,换了衣。等同房间的人走光了以后,他锁上房门,坐到桌前,从口袋里摸出还是第一次领工资后买的记事本和圆珠笔,翻开一页空白纸,沉思起来……

恰在一个钟头以前,他在回宿舍的路上遇见一位从家乡来的熟人。相互寒暄几句之后,那位老乡问了问文卡的工资和生活情况,便含着责备的意味摇着头说:"你应该给母亲寄点钱去。冬天眼看就到了,家里得请人运木柴,又要劈,又要锯。你母亲只有她那一点点养老金……你是知道的。"

文卡自然是知道的。

他咬着嘴唇,在白纸上方的正中仔仔细细地写上了一个数字:126。然后由上到下画了一条垂直线,在左栏上方写上"支出",右栏写上"数目"。他沉吟片刻,取过日历计算到预支还有多少天,然后在左栏写上12,右栏写一个乘号和数字4,得出总数为48,接下去就写得快多了:还债——10,买裤子——30,储蓄——20,电影、跳舞等——4,1 天 2 卢布——8,剩余——10。

文卡哼了一声。10卢布,给母亲寄去这么个数是很不像话的。村里人准会笑话。他摸了摸下巴,毅然划掉"剩余"二字,改为"零用",心中叨咕着:"等下次领到预支工资再寄吧。"

他放下圆珠笔,把记事本揣进口袋里,伸了个懒腰,想起了母亲的来信。他打着哈欠看了看表,掏出信封,拆开,抽出信纸,当他展开信纸的时候,一张 3 卢布的纸币轻轻飘落在他的膝上……

从瞬间到永恒

当文卡收到母亲寄来的 3 卢布的纸币,空气仿佛凝固了。天下的所有母亲都会记挂自己的孩子,而把自己置于他处。

一张鲜红的录取通知书

◆文/刘汉良

30年前,我出生在冀东的一个小山村。由于家境贫穷,童年的我生活一直很灰暗,疾病与饥饿始终伴随着我的成长。我的哥哥仅比我大一岁,长得和我一样瘦小枯干,穿得和我一样破衣烂衫。因为是哥哥,所以他处处疼爱我,照顾我,有好吃的都主动让着我。

1977年夏,我们哥俩儿一块儿到村里的小学读书。在学校我们学习都很努力,成绩也很好,一直是班里数一数二的尖子生。初中毕业后,我和哥哥一同考上了县一中,但哥哥却自愿放弃了到县城读高中的机会,迈进了与初中只有一墙之隔的镇办高中,以便能够挤出时间来帮父母干农活、料理家务。

每当周末回家,我们兄弟俩相聚,我都会兴高采烈地向哥哥炫耀自己那并不很优异的学习成绩。哥哥总是微笑着听我讲完,有时拍拍我的肩膀给我鼓劲:"继续努力!"然而当我问起他在校的成绩时,他却摇着头淡淡地说:"一般。"

高中毕业那年,我和哥哥一同参加了高考。成绩公布后,我勉勉强强地考入了省城的一所高校,成了乡里为数不多的几名大学生之一。这足足让我风光了一时,亲友们都向我投来赞许的目光,我也开始飘飘然。而哥哥却懊丧地宣布自己名落孙山,从此回到家里同父母一起下地种田。第二年他独自一人背着行囊到省城打工,挣钱供我上学,并且还要偿还家里前些年欠下的一大笔债。

哥哥打工的那家私人小厂离我们学校很近,起初他经常去学校看我,顺便给我送生活费。但这却让我很是难堪,因为我不想让同学们知道那个穿着一身脏兮兮的工作服,头发乱糟糟,脸颊瘦削的年轻人就是我哥哥。更何况我那时正在追求班里一个女孩,她的家境颇好,父母都是干部。我对她讲,我的父亲是个乡长,哥哥是乡里的办事员。那大我婉转地告诉哥哥以后别再来找我,钱可通过邮局寄送。哥哥很快就明白了我的意思,以后每隔一段时间我就会收到附近一家邮局寄来的汇款单,而当室友们问起汇款人是谁时,我就告诉他们是我在省城的一个亲戚。

大学毕业后,我回到了家乡所在的海滨小城,并靠自己的文凭谋了一份颇为清闲的工作,不久又娶了一位科长的女儿为妻。然而哥哥依旧是孤身一人,家境的贫穷掩盖了哥哥的善良。有时我就想:如果哥哥当初也能够努力学习,那么他今天就可能和我一样坐在宽敞明亮的办公室里,住进整洁干净的寓所里,并且还可以娶到一个容貌不错的女子为妻。

去年春节放假,我携妻带子一起回老家过年,见到了哥哥。此时哥哥已经放弃了打工生涯,回到家里安分守己地种地、搞养殖。30岁刚出头的哥哥看上去很是苍老,原本瘦削的脸颊已满是皱纹。母亲欣喜地告诉我,邻村一个离过婚的女人已经同意嫁给哥哥,条件是要带一个6岁的小女孩过来。我心里顿时一阵难过,哥哥的命真苦,竟落到了这般地步。

春节过后,我和妻要回城里上班。临行的前一天晚上,儿子偷偷溜进了哥哥的房间,想搜寻有没有好玩儿的乡下东西带回去向城里的小朋友炫耀。最后他在床底下发现了一个木箱子,由于自己拖不动,便把我也拉进了哥哥的房间。我从床下拖出箱子,犹豫了片刻之后打开了,见里面全都是哥哥上学时用过的各种书籍,以及他念高中时得的奖状、三好学生证书等物。在箱子最底下有一个塑料包,我打开塑料包,顿时惊呆了——一张鲜红的"大学录取通知书"赫然呈现在我的眼前!

这时我似乎觉得身后有人,猛一回头,见哥哥正木然地站在我身后。

内疚、惭愧、感激一下全都涌上我心头,交汇成巨大的洪流,海潮般地冲击着我的身躯。我"扑通"一声跪倒在哥哥面前,泪如雨下……

善良的哥哥,竟不惜放弃到名牌大学就读的机会,而成全了我这个自命不凡的弟弟!

从瞬间到永恒

当哥哥的大学录取通知书赫然摆在"我"面前,"我"才知道哥哥竟然放弃了自己的梦想,而这一切都是因为他深爱的弟弟啊!

洗　脚

◆文/玫　子

　　母亲节那天,4岁的女儿郑重向我宣布:"妈妈,今晚我要为你洗脚!"能从这么小小的人儿那里听到这么暖心的话,幸福像朝霞一样布满了我的脸。这一定是幼儿园老师为孩子们布置的作业,感动更像湖水在心中荡漾开来,谢谢幼儿园的老师们给了女儿这样好的教育。有时候,打动人心的不见得是可圈可点的具体事情,有时只需那么一句话,就能达到春雨润物的效果。充满爱的语言是我们生命中不可缺少的维生素,不是吗?

　　谁知女儿言必行,行必果。吃过了晚饭就在我屁股后面催着给我洗脚。为了配合她,我不得不提前洗漱。当女儿蹲在我面前,真的伸出那胖乎乎的小手,认真地揉搓我的脚时,暖意像电流般从脚底升起。我俯下身去,捧着她粉嫩的小脸,在她额头上深深地吻了一下。女儿甜甜地笑了。她知道这是妈妈对她的奖赏,只是她不知道,这一吻把我的心牵扯得真是百感交集啊。抬起头时,我的眼前已是一片模糊,喉头紧紧的。我清楚自己不仅是被这幼小的纯真所感动,而是这小小的举动让我感到了从未有过的愧疚。我从来没有为自己的母亲洗过脚啊,哪怕仅仅是个念头呢。是的,女儿还小,也许还不懂得现在做着的不仅仅是老师要她完成的作业——送给母亲最好的礼物,更重要的是表达出了她对母爱的回报啊!在亲情的账簿上,她没有负债。长大后,她可以扬起脸,骄傲地说,我小时候给我妈妈洗过脚。而我为母亲都做了什么呢?母亲养育了我二十几年,当我稍稍懂些事,懂得应该让母亲少为自己操心的时候,她却撒手人寰离我远去了。我回报母爱的愿望竟像一枚青涩的橄榄悬在思念的夜晚，什么时候想起都会是满眼的泪水，这将是伴随我终生却无法弥补的遗憾！子欲养而亲不待啊！

　　记忆中的母亲，总是忙碌的身影。即使在晚上也没见过她躺在床上睡觉的模样。当我一觉醒来，她还是盘腿坐在炕角，做着针线活。一只古朴的针线笸箩总有缝不完的衣袜，那枚磨得发光的顶针是母亲唯一的陪嫁。

　　长大后，我们成了母亲眼里放飞的风筝。风多大，我们的心就飞多高，母亲从来不拦着我们，也没听她说过什么养儿要防老的话。她总说，我不怕你们飞得高、飞得远，只要你们过得好，就算没白养你们一场。

　　因为有了我们，母亲把自己当成了树，在贫瘠的土地里寻找着生命的养料，用无私的爱浓缩成绿色的乳汁，一滴一滴喂养我们，毫无怨言。凄风冷雨的日子她是我们头顶的伞，烈日酷暑下她是我们的一片阴凉。母亲就是一棵树，她把能给予我们的都奉献了出来，直到我们长大，直到她生命枯竭。她始终关注着我们的成长，我们取得的一点小小的成绩，都能让她露出欣慰的笑；一点小小的挫折都会令她牵肠挂肚、寝食不安。我们即使飞得再高，也飞不出她的视线。母亲永远和家连在一起，想到母亲心底就温暖，就有无限的力量。为了母亲，我们要好好活着，我们应该让她感到骄傲。

　　好好活着，是母亲给予我们的最大愿望。在她生命的最后时刻，她还念念不忘地叮嘱我们。她在疾病面前表现出的乐观态度，每每让我想起，除了钻心的痛还有深深的敬佩。

　　母亲得的是乳腺癌，发现得很晚。当确诊书拿到我们手上的时候，我们都惊呆了。医生责备我们，你们这儿女怎么做的？都严重到这份上了才来治，准备做乳房切除手术！母亲知道后在医生面前还替我们解释着，不怪他们，都怪我没当回事！可是那份愧疚、悔恨却深深埋在了我们的心上。我们真的很不孝顺,只知道自己的前程,忽略了母亲的健康。每次回家,见到了母亲,就只想着一门心思享受她的爱抚,却从没问过她的身体状况,要不是这次她突然间的晕倒,我们还不知道母亲也会得病啊。手术前,我们作好了思想准备,千万不能在母亲面前掉眼泪,怕给她造成精神压力。当我们趴在母亲的床前时,眼泪还是没能忍住,无声地呜咽着,眼泪泅湿了被子。倒是母亲反过来劝我们,苍白的嘴角硬挤出了一丝笑。她说:"反正你们都长大了,再也不用吃奶了,我留着它还有啥用?切就切吧。"母亲说这话时,轻松得仿佛在说要切水果一样。我知道,她是在安慰我们。可是手术之后,母亲再也没站起来,我们陪在她身边,看着她日渐凹下的双眼,恨不能把自己的生命换给她。她神志清醒的时候就会说:"你们上班去吧,别耽误工作,没啥大不了的,要好好活着!"

母亲去世的那天正好是阴历十月初一,是为已故的亲人送寒衣纸的日子,熟悉母亲的人都说,母亲的善良、仁厚感动了上苍,有许多人为她送寒衣,她再也不会受苦受罪了,她应该是最享福的了。而我们则愧疚地想,是因为母亲生前没有享受过儿女的孝顺的缘故吧。

后来,在收拾母亲遗物的时候,我在柜子里发现了一身还没有缝制好的棉衣。父亲说,这是你妈在病前给你做的,她说你末梢神经循环不好,怕冷。我把棉衣带了回来,将余下的活儿做完了。虽然缝得不如母亲好,但毕竟是完成了。在以前我除了会钉扣子,什么也不会。那些日子我坐在灯下,学着母亲的样子,一针一线地缝,想着母亲种种的好,想着再也见不到她了,想着自己的悔恨,手指无数次地扎出了血,却一点儿也不感到痛。每年的冬季,总有那么几天,我要穿上母亲给我留下的棉衣,感觉是母亲在紧紧地拥着我,给着我无限的温暖。

前些日子,听到一位老大姐说起她儿子嫌她管教太严,竟说出了一句特别气人的话:"看你没了以后还怎么管我!"老大姐却用朴素的语言回答了她上大学的儿子,她说:"你是我身上掉下的肉,你身上流着我的血,即便是我身体不存在了,但是我的灵魂会变成你生命的一部分,也要帮你走完余下的路!"不知为什么,我听了以后,鼻子一直酸酸的。大姐说得多好啊,每个人都是父母生命的延续。有许多人在年轻的时候也许鄙视过父母,看不惯他们的行为,认为他们老土,但随着年龄的增长,他们会变得越来越像他们的父母,不仅是长相、神态,甚至是性格、习惯。这就是生命延续不可阻挡的力量。

想起这些,我慢慢地不再为没有能够亲自给母亲洗脚这事感到郁郁寡欢了。是的,母亲已经不在了,但她从未走远。相反,她表面上的离开正是内心深处的走近。她融进了我的生命,我一回头一转身,就能看见她充满慈爱的目光。我以后要走的路,再也不是我一个人的,而是我和母亲两个人的。我继承了母亲的善良、勤劳,时时用她热爱生活的乐观态度鼓起自己生活的勇气,行着她的"行",爱着她的"爱"。因为我也是个母亲,我的母亲就是我的榜样,我是女儿的榜样。我只有做得更好,才能报答母亲的养育之恩。这不比为她洗一次脚更能让她感到欣慰吗?

从瞬间到永恒

回忆从可爱的女儿为"我"洗脚开始,一直延伸到"我"对母亲的回忆之中。母爱无价,还有什么比懂得感恩更让人觉得温暖呢?

难忘的身影

◆文/凌　云

这些天来,在59号楼的楼道口,每次下自习回来,我都会看到这样的一个场景:路灯下,一位中年妇女正俯在一台缝纫机上不停地忙碌着,她的背影在身后投下一个大大的阴影。而每次经过时,我都会情不自禁地想起家乡的那个熟悉的背影。

小时候,我像小尾巴一样经常跟在母亲的身后,一手拽着母亲的衣襟,一手含在嘴里,不管走到哪里,我都会尾随其后。那个时候,母亲的背影几乎就是我生命的全部。不管什么时候,什么地方,只要有母亲的身影,我的心里就充满着幸福感和安全感。

上了初中以后,我离开了家,离开了母亲,不再像以前那样对母亲充满着依赖,我开始学会了独立生活。而每次离开家的时候,母亲总是送我到村口,一直望着我消失在路的尽头才肯离去。每次我回头望,母亲的身影就像一座雕像一样立在那里。我想那时,母亲的心里一定很矛盾,她既期望着自己的孩子出去学习,又对独自出门的孩子不放心。

上高中的时候,我离家更远了,通常都是一个月才回家一次。而我每次回家,总能看见母亲的身影立在村头,在翘首张望。母亲是不曾上过学的,但是母亲却能清楚地知道哪天星期几,而且会准确地在我离开家后第四个星期六的下午站在村头接我。每每见到我的第一句话总是:"哎,娃啊,你怎么就又瘦了呢?在学校要多吃的啊!"然后,母亲就会像招待客人一样招待我。每每望着母亲忙碌的身影,我的心里就有一种说不出的感动,眼泪就会不知不觉地流下来。吃饭后,母亲总是一边坐在缝纫机旁给我缝这四个星期来穿破或者开线的衣服,一边让我坐在她的身边问这问那。只到这时,我才注意到母亲满头的青丝早已变得花白了。我坐在母亲的身边一边注视着母亲的身影，一边和母亲说着话。

"妈，你的头发什么时候都花白了？"

"是啊，老了，哪能不白呢！"母亲不无伤感地说，我想这句话包含了母亲多少辛酸和无奈啊。然后，母亲接着说："只要你有出息了，就是让我的头发白完我也心甘情愿啊！"看着母亲那开心的笑容，我的眼泪又来了。

上了大学以后，我和母亲见面的机会就更少了。有时一年还见不到一次。每次打电话回去，母亲总是笑着说，家里一切都好，希望我不要挂念家。母亲嘴里不说，但是我心里清楚，就是家里真的出了什么事，母亲也绝对不会跟我说的。作为儿子，我又怎么会不了解自己母亲呢？我也会学着母亲那样总是报喜不报忧地说着一些善意的谎言。记得来上大学的前夜，母亲因为不放心我的行李是否打点好，非要打开我的行李箱，一件一件地不怕麻烦地拿出来，然后再一件一件叠好放进去，直到全部检查完毕确定没有什么遗忘了才会心地笑了。凌晨三点，母亲就起床为我做早餐。我出发的时候，母亲就又站在村头那个老地方，望着我一步一回头地离去，有好几次，我回头的时候，都看见母亲在不停地抹着眼泪。那一刻，我的心有一种锥心的痛。走了很远，我回头望的时候，母亲仍站在那里，她的身影就像一座雕塑立在凌晨的夜幕里。我知道，无论我走到哪里，无论在什么时候，这座雕塑都会一直立在我的心里。

而如今，我每每想起母亲，母亲的身影就会一幕一幕地出现在我的脑海里，一丝一缕都会让我感动不已。母爱是伟大的，母爱是深沉的，我们又该用怎样的一生来报答母爱呢？

从瞬间到永恒

母亲的身影在"我"的生命中形成一座充满温情的丰碑，伴我在人生旅途中克服一切困难。母爱"无声"，却演奏出一曲曲动人的旋律。

总有一种力量让我泪流满面

◆文/摩 天

我竟来不及告别,妈妈就离开了人世,我抱着妈妈失声痛哭,哭得悲恸欲绝。"妈妈——你醒醒——小花猫来看你了……"太悲伤了,我觉得整个世界都在摇动,突然我狂抖不已,从一处挣脱到另一处。这是个梦境。

我有多久没给父母打电话?我有多久没看看他们?我总是这么闲云野鹤、心猿意马,只顾着自己,似乎与来处脱节。莫不是他们在召唤我,用某种方式。赶快拨通电话,妈妈很奇怪我怎么会这么早打电话,当时是清晨6点20分。

我说:"妈呀,还好我做了一个梦,梦见了你……"妈妈不再说什么,她轻轻笑着说:"我没事,你爸这两天有点身体虚弱,拍了片,倒没事,就是气管炎。"

挂上电话,发觉自己给父母的关心那么少。其实就这么短短地通一次电话,一点儿都不困难,我为什么做不到?

还是悲痛,无法抑制,想着妈妈,大把大把的眼泪往下掉,发现自己居然还能流出那么多的眼泪,那个地方我以为早已干涸,现在都哭透了13张双层面巾纸。

记得我丁点儿大的时候,家里没有大人看护,在那个年代,父母不得不外出工作,他们只好把我独自留在家中。

等他们回来的时候,我已全身发紫,僵硬。当时是大冬天,身上尿湿的地方一片冰凉,我的身体滚烫。妈妈一路亲着我,疾奔医院。医生说,再晚些,这个小孩就没命了。医生医术很高超,我奇迹般地慢慢好了,而且再也不曾复发。那阵,妈妈总很无奈地对人说:"一个老气管炎生了个小气管炎。"

今年1月14日,我身体不适,要动手术,医生向姐姐询问我的病史资料。姐姐说我妹妹婴儿时有过严重的哮喘。年轻的医生笑了,露出好看的牙齿:"那不算,看样子你是看着她长大了。""是啊,"姐姐得意地笑道,"我还背着她上过学呢。"

爸爸、妈妈、姐姐给我深深的关爱,再无知也尚存一息,一日冷不丁被《我的兄弟姐妹》一炮击中,我无法掩饰地成了电影院里眼泪流得最多、哭得最响的一个。

十八岁我出门远行,其实一点儿都不远,只是自己想人为地把它拉得很远,假想着很远。我一直很傻地认为父母的关爱让我窒息,我扮酷,我拒绝与他们交流。

可多少年了,断断续续地,想念总是以奇怪的方式来临,总是那些梦,让我想起了与他们的血脉相连,潜意识里的东西是无法抵制的。每次都是那些梦,驱使着我问候他们。妈妈、爸爸、姐姐,对不起,原谅你们任性的小花猫,我知道你们会的。

从瞬间到永恒

被亲人保护的"小花猫"已经长大了,经历了岁月的沉淀,她已经学会了感恩。

我多想回报你的爱

◆文/佚　名

今天姐姐来电话，说后天就是母亲的生日了。每年都想着，今年怎么就忘了呢？今年应该是母亲的68岁大寿。电话打过去，母亲竟然也忘记了，并一再说生日不过了，你们不要乱花钱买东西，有空就过来吃顿饭，并且嘱咐我："你身体不好，天气冷了，不要出来，好好养病。"

母亲生了我们兄妹三人，按母亲的话说，我是最让母亲放心的一个。除了小时候摔断了腿躺了两年，以后上学、工作、结婚、生子，一切都很顺利。

然而，就在今年的国庆节后，我查出了左侧股骨头坏死，用上了双拐。怕母亲经不住打击，不敢把消息告诉她老人家。四处求医的过程中一直没敢回家。然而，母亲却像是有预感一样。远在北京的哥哥只是在电话里说了一句"小妹的腿不太好"，她马上就问："是股骨头坏死吗？"

那晚母亲的电话却非常简短，跟我核实后就放下了。我知道，那夜父母亲肯定一夜未眠。

第二天匆匆赶回家。等我走到胡同口的时候，母亲已经站到楼下了。看到我的双拐，母亲的泪再也没能忍住。在我的一再安慰、解释、劝说和坚持下，母亲才没有跟我回来照顾我。

虽然如此，母亲的电话却随时跟着我，替我买好了菜，买好了乌鸡，买好了补钙的大骨头。每次回家她都算计着我到家的时间，早早地在楼下张望。回来时她又算好时间，打电话确认我安全到家了才放心。

一次回家，母亲说哥哥来电话了，说我的病可以手术治疗，要在股骨的另一侧取一块骨头做成股骨头再移植上。母亲就很着急，说："为什么让她受两次罪呢？在我的身上取一块骨头做股骨头给她吧。我老了，什么也不怕了，瘸了、瘫了都没事。"我的母亲呀，您对儿女那份无私的爱让我如何承受！

孩子们都长大了，有了自己的家。母亲也老了，且患了高血压，腰明显地弯了，头发也花白了。母亲应该享福了，可是孩子们每一种不如意都让她挂在心上，怎么能安心享福呢？

每个周六，母亲都会站在阳台上盼着我们回去吃顿饭，但是在电话里却说："你们都忙，不用回来了，不用惦记着我。"我怎么能让母亲失望呢？

去年，母亲的血压突然升高，昏迷不醒，医院下了病危通知书。这时，我才第一次真切地感受到，我终究是会失去我的母亲。

上次回家和母亲唠家常，母亲告诉我，她去商场买了黄绸子布料，准备做"没了的时候"铺的黄褥子。还说现在的东西太贵了，到时候现买要花更多的钱。

我一边劝母亲不要多想，一边说着你才多大年纪的话。可是我的心里酸酸的，母亲已经开始为她的将来作准备了。

可是，母亲呀，我不敢想象没有了您我会怎样生活，我怎么可以没有您呢？您才68岁，未来的日子还很长，我需要您的陪伴，需要您的挂牵。母亲，虽然我早已经长大，但是，您是我心灵的港湾呀！只有在您的身边，我的心才会享受到平静安宁……

母亲啊，女儿还没有机会报答您的养育之恩呢，求您给我更多的机会，让我尽情回报您的爱吧！

母亲，让我虔诚地为您祈祷吧：愿您拥有健康的身体，愿您拥有幸福的晚年！

从瞬间到永恒

　　时光如水,年华易逝,似水流年淡去"我"的多少回忆,却始终不改"我"对母亲的绵绵思念。儿女一天天长大,母亲一天天衰老,那么多的爱却总是来不及回报啊!

给母爱一个依靠

◆文/佚　名

在外漂泊，身心疲惫的我拨通了家里的电话，"喂"，一声熟悉又亲切的声音穿透了空间，"我的母亲"，我在心中暗暗地呼唤，满眼泪光。母亲在电话的那一端似乎感受到我心灵的抽泣。"闻儿，是你吗？"母亲急切地问。我在模糊中可以想象到母亲的心一定在为我担忧。在母亲的心里，女儿永远是一个需要呵护、安慰的孩子。母女同心，母亲应感受到我的脆弱，在另一端，我听到母亲急促的呼吸，我努力抑制自己波动的情绪。母亲已承受了太多的压力，我怎么能够让她还背负对女儿的忧虑？我轻轻地放下了电话，母亲的一声呼唤，唤起我的勇气，感情的伤痕在慢慢地痊愈，因为有母爱，我就不会孤单。

窗外，月色如水，在这如水的月光中，母亲的点点滴滴忆上心头。

忘不了那一张母亲精心保存的卡片，原本无意中寄送给母亲的一张小小的卡片，竟会成为母亲宝贵的珍藏。整整六年过去了，卡片也陈旧了，可里面却有母亲沉甸甸的爱。不为别的原因，仅仅因为是女儿送的，在母亲的心中便占据了如此重要的地位。面对卡

片我落泪了，为了母亲无私的爱，为了自己的无情。

那一天晚上，我半夜醒来，母亲在旁边安睡着，可她的手却紧紧地握着我的手，粗糙又温馨的手。即使在睡梦中母亲也依然执着地关注我，

一种说不出却刻骨铭心的情感弥漫了我心灵的每一个角落。我静静地躺着,泪水不停地滑落,母爱是永远替代不了的,是永远抽不去的牵挂,是永远减不掉的怀念。

母亲是一个很坚强乐观的人,她以宽容、慈爱、温情来抚慰女儿。女儿是她的生命,甚至比生命还珍贵,我沉浸在母亲为我构筑的爱巢里。

那一年,外祖母过世了,随之而来的是家庭变故,我只是一味地逃避,让时间来治愈我的创伤,母亲默默地关注着我的一切,而我却无动于衷。

在一个黄昏,推开母亲的房门,我怔住了,我看见母亲正在抽泣,母亲没有料到我的出现,她旋即转过身,身体仍在颤抖着,看着母亲单薄的背影,我心犹撕裂般疼痛。母亲独自受了那么多苦难,背负着沉重的压力,但她却用博大的胸怀去承受着这一切,以朴实无华的方式来护着女儿,而女儿却没有体会到母亲的心,总以为母亲是不会脆弱的,母亲始终是我治疗创伤的暖巢,却没想到母亲也需要我的关心、支持。在这一刹那,我意识到,我应该成熟了,应该给母亲一个坚定的依靠。我走近母亲,轻轻地护住了母亲的双肩,母亲没有回头,只是握住我的手。在这清冷的黄昏中,有两颗同样的心在跳动,不用言说,母亲了解我的心愿,我也了解母亲的悲伤。

思念清晰如水,漾满我的眼睛,漾满整个夜空,这时多么静,月亮就是母亲的眼睛,使我永远走不出母亲的视线,这平静广袤的爱的天空,永远支撑着女儿的世界。

从瞬间到永恒

母爱是伟大的,她不仅给了"我"坚强的信心,还给了我无穷的力量。"我"依靠着母亲成长起来,却不知道,母亲也是需要依靠的啊!

一元钱的死结

◆文/佚 名

　　我无数次拒绝面对它,面对这个已缠绕我半生的死结。本想将最痛的那一嗓子喊出去,但那面墙却倒了,再没有回音。

　　我不知道父亲能不能原谅我,今生永无知道的可能了。

　　24年来,我没有和任何人谈起过,也没有以任何方式记录过。我回避它,本能地、无助地、绝望地回避它。但它从没离开过我,它像一缕不死的魂魄,绕着我的灵魂巡视。它潜入我的梦乡,变幻成一个无所不能的巨大而恐怖的怪兽,逼迫着我,令我窒息。午夜梦回时,它固执地敲开我的心扉,提醒我它的存在。我知道此生我已没有能力摆脱它,直到死。

　　这是个死结,双环锁的另一把钥匙已被带到另一个世界。如果可能,我真想请求老天爷放我到时光隧道里与父亲一晤,我不贪婪,只要一分钟。告诉他那一元钱是我拿去的,和姐姐买了蜜枣吃。父亲知道我这么多年魂牵梦萦地找他来坦白,想必会原谅我的。但我没有这个机会听他亲口说了。

　　那钱,被放在父亲的手提包里带回来。散乱的一元纸币,那么多!来不及细想,我飞快地拿走了一张,我想去买蜜枣吃。

　　随母亲去买菜的路上有个小卖部。母亲买油盐酱醋时,我站在高高的柜台下,望着那些装糖果的大玻璃瓶舍不得走开。那里面有我爱吃的蜜枣,上次母亲给我买过,甜甜的,又干又酥。它是称重的,一毛钱大约可以买两粒。

　　后来我知道,那钱是系里老师交到父亲这儿订什么东西用的。我看到父亲清点钱数时焦急的样子,他反复数了数那叠并不算厚的钞票,把一个空空的手提包翻了又翻。他很沮丧,绞尽脑汁回忆收钱的过程。我看到他和母亲仔细地分析哪个环节可能出了问题……

那时候大学教师月工资不过三四十元。一元钱,我用草纸袋装回来半袋子蜜枣呢。

我快要急哭了,我知道自己犯了大错。因为,那是别人的钱,我的行为和偷没什么区别,而且这样会不会有一位叔叔或阿姨让父亲心生疑惑?

一生正直善良的父亲从不肯轻易怀疑谁,但面对解释不了的事实他的烦躁是明摆着的。

他怎么都不会想到,这件事是他一贯乖巧听话的小女儿干的。

我感到羞愧难当,良心备受谴责。

我没有勇气坦白自己的行为。

几年后,父亲病了。这一病就再没好起来。

最初只当是感冒发烧,并没觉得有什么异样。去医院看也被当做一般炎症,吃药,退烧,又发烧,又吃药……如此反复几回,发现不对了,再去检查,肝癌晚期!母亲陪父亲去上海治病,我在家里照顾还有一个月就高考的姐姐,年幼的弟弟被暂时送到北京姥姥家里。姐姐考完就走了,我留下参加中考,三天之后我也赶去上海。那年我不到15岁,第一次独自乘火车。

当我赶到医院看到躺在病床上的父亲时,我吓坏了,心想这个瘦得只剩皮包骨的人是我那高高大大的父亲吗?我战战兢兢地喊了声爸爸,惶惑得六神无主。

床头的病例记录写着肝硬化,那是医生故意瞒他的。我们谁都没告诉父亲他患了绝症，但父亲其实早已知道，只是他也不说。我们默契地守着这个不是秘密的秘密，只怕一旦捅开这层纸，悲痛便再也无法遏制。我不敢看父亲，尤其不敢单独面对他，我不知道那时候我该说什么。

那件事情憋在心里几年了，突然意识到再不说就没有机会了。我不知道父亲对那次事件是否依然记忆犹新，但我确信说出来他会记起的，毕竟那个年代和钱打交道的事情不多。我知道不该让他带着疑虑离去，但父亲病成这样……我惧怕他因此而对我失望。这个失望会被带走，我将再也没有机会挽回。

我是他最宠的女儿，生下来时长得很像他，大脑袋，深深的眼睛。都记事了父亲还抱着我，院子里的叔叔羞我，这么大了还让爸爸抱。我不害臊，很骄傲。

爸爸，我还不到 15 岁。我真的不懂怎样面对您的离去；我不懂我该做什么，能做什么；我不懂死亡究竟意味着什么。我是个羞于表达的孩子，许多感情藏在心里说不出口。如果我知道从此我将和您两世相隔永不再见，如果我知道后来的我有多么懊悔多么遗憾，爸爸，无论如何我要把想说的话都说出来。我要告诉您我是那么那么地爱您，那么那么地敬重您、崇拜您。我要让您放心，我一定会是个有出息的孩子，我一定会照顾好妈妈。我要向您承认错误，几年前您包里少的那一元钱是我拿去的，我和姐姐买了蜜枣吃……

爸爸，我知道错了，我再也没有犯过同样的错误。您那么疼我，一定会原谅我的，一定。

我是有机会说这些话的，但是我不懂得说。

父亲反过来安慰我们，他说别担心，他还会回到讲台上的。我低了头假装有事走出病房，终于再也止不住悲伤，对着走廊的墙壁放声大哭。

父亲，如果您有在天之灵，您会知道您走后留给女儿的是怎样的缺憾和痛苦。您会知道您的离去让我在后来的情感生涯里是怎样固执地寻找着父爱；您会知道女儿只身闯海南，受尽磨难，只为牢牢记住您走前对母亲说的话。您说："你要对旋子好些，三个孩子里她最孝顺，你将来老了是要靠她的。"

我没有辜负您的信任，父亲。

父亲，我相信您是有魂魄留在这世上牵挂着女儿的。您看到我流泪的文字了吗？您肯原谅我吗？

托个梦给我吧，父亲。

父爱和母爱一样伟大。只不过，父爱比母爱更含蓄和深沉。如果"我"能对父亲亲口说出那一元钱的秘密，该多好啊！

游　戏

◆文/孙雪晴

　　有时候我们很像是在迷宫里为找寻出口而四处打转的鸽子，为寻找幸福，或忧伤或快乐着。我们不清楚那颗最甜最香的幸福玉米在哪一个出口，也不清楚当我们为一些本不属于我们的幸福不假思索地飞去时，一些沉静、踏实的小幸福却一直安稳地待在离我们最近的地方，为我们守候。

　　我有一个基本上跟别人的妈妈一样的妈妈。她可以每天在上班下班的单调时间里挤出空儿来做一些好吃又好看的小菜，可以大冬天很神奇地不用洗衣机洗完一整盆衣服，可以想方设法把家里搞得像五星级宾馆，也可以不分由头劈头盖脸剋我一顿。基本上，她符合一切我印象中妈妈的标准：不太懂得打扮自己，但可以让原来白开水一样的日子有滋有味，丰富得一塌糊涂。

　　其实，我一直不太明白从一个女孩变成一个妈妈需要多长的时间，也不太明白一个妈妈怎样去适应照顾另一个人的责任。她必须熬上10个月，然后生下一个老跟她作对的小东西，然后一把屎一把尿地把他养大，然后没日没夜地想着法儿让眼前这个小东西过得比她更好。反正我妈说了，就在生我痛得死去活来时，听见我生生的一声叫，她就温柔坚定地下了决心，要做妈妈了。我不明白，就一秒钟的事，她就改变了幼稚的心，决心要做妈妈了，决心要承担起妈妈的责任了。

　　对妈妈的感情，我一直觉得处于半迷糊状，有时觉得她真的很伟大，有时又恨她恨得牙根儿痒痒。不过长这么大，我算是弄明白一件事，就是我把我一辈子的爱和恨全加一块儿也敌不上妈妈对我的爱。所以不管我怎么气她，都不划算。但小孩子嘛，总是不服输的。我总喜欢用自己的小气、生硬、不讲理去和我妈比试一下，我总这么去试探她柔软的心。

一次，我从外面回家，天像漏了似的，大雨狂下。我穿着雨披，可鞋子、裤子还是全湿了。进家门后，我把鞋一扔，嚷了句："妈，等会儿帮我把鞋弄干，湿答答的，明天没法穿。"嚷罢我就自顾自地坐下来看报纸。但那天我的脾气和外面的潮湿程度成正比，像吃了炸药一样，不知怎么又没头没脑地埋怨起妈妈来。妈妈那天很生气，也狠狠地训了我一顿。雨越下越大，我们越吵越凶，最后我索性狠狠甩出一句："你算什么妈妈，我学习这么忙你还这样搞，我不想跟你吵了！"然后坐下，一声不吭，埋头只管做作业。妈妈也傻了眼，本来她面红耳赤地想反驳我一句，但没想到我竟一声不吭了，她也只好气呼呼地在一旁沙发上坐下。

我心里暗想，你狠吧，我比你更狠。我不和你说，我看你怎么凶。果然她一声不吭了。10分钟后，我开始慢慢抬起头，想看看她在干什么，又怕她看见我在看她。接下来有趣的事情发生了。我每隔一会儿就想看看她，其实她就坐在我身后。我只要稍微一扭头就行，但我偏不。我开始担心她了，她不会被我气哭了吧，不会以后都不理我了吧。我实在熬得难受。我想自己只要扭过头说一句我错了，一切都没事了，但我觉得实在下不了台，所以一直僵在那儿。

差不多一个小时，我听见沙发上有声响，我猜想她开始整理沙发了。我在心里默默说，只要她站起来，走到我身边，我就抬起头说，妈，刚才我错了。一会儿她真的站了起来，走到我身边。我又狠狠地想，只要她帮我把我的书包拎进我的房间，我就说妈我错了。没多久她真的这么做了。我微微抬起头，见她气鼓鼓的样子，我继续一声不吭，她也一声不吭。我继而做出一个个的假设，假设她帮我倒一杯热水，假设她帮我挤上牙膏,但她真的一一做到了。我仍旧拉着脸,没有说出口。最后,我狠下心想,如果她把我的鞋子弄干,我一定说。她真的弯下腰,拎起鞋子,走进洗手间,帮我用吹风机吹鞋子。这时,我早已抬起头,我仔细地看着她的每一个动作,弯腰、伸手、提起,我甚至在心底掠过一丝阻止她这么做的念头。但她做了,我只是一下子觉得耳边嗡嗡地响,鼻尖酸得要命,眼泪顺着手中握的笔流到了刚写的钢笔字上,水蓝色的字化开了,我在我的眼泪里注视着她所做的一切。她一点点地做着,我一遍遍狠狠地骂自己不是东西。只是,我哭的这会儿,她没看到。她一直背对着我,然后她在洗手间里说了一句:"不早了,来刷牙。"语气像以往一样平常,却甜蜜得让我无地自容。

我回想着她做的每一件事,说的每一个字,发的每一个音。她几乎每天都这么重复着。她重复着,安心着,没有怨言。我每每熟视这些镜头,却让它继续重复着,没有一丝感激。我恨自己恨到牙根儿痒痒。

其实,我一直习惯于和妈妈玩游戏,一个又一个的游戏,而我在游戏中总能赢。不是我的小气生硬让我赢,也不是她的好脾气让她总是输,只是因为我是她女儿,而她是我妈妈。她微笑着、宽容着面对我的每一个错误,就这么简单。而我却满不在乎,不在乎身边触手可及的幸福。

无意中,知道妈妈喜欢站在阳台上远远看我骑车上学去的背影。我没有做别的,只是第一次在心里有了一种叫责任的东西。每天以最快的速度骑上车,拐过弯儿,然后在妈妈能望见我的那个路口,骑得特别慢,幅度特别大,我只想让她明白,女儿上学去了,妈妈再见。我第一次,第一次想做个快乐的失败者,让妈妈傻乐一回,赢我一回。毕竟她和我之间的游戏,她注定输一辈子。我对她的关爱永远不及她对我的关爱。

妈妈依旧每天挖空心思给我做好吃的东西,依旧每天把我裹得像粽子一样让我去上学,依旧每天准时站在阳台前看我摇摇晃晃在阳光下远去的背影,依旧每天做一些我还没有察觉到的平凡小事,依旧每天在忙碌的工作中想她麻烦的女儿。

我和妈妈继续玩着没人知道的游戏，继续守着这简单的游戏规则，而我也会在某年某月一个阳光灿烂的大街上，牵着已经老得掉牙的老妈大声说话给她听，然后低下头狠狠地亲她一下，然后让她在满大街人羡慕的眼光下傻傻地乐上一辈子。

我们可能永远不明白我们的父母在想些什么，但我们可以肯定，他们平平凡凡地生活，辛辛苦苦地工作是为了我们。我想等我们明白时，我们也是父母了。

离我们最近的幸福在我们身旁守候，我们可能在一秒钟就能读懂它，也可能要用上整整一辈子。

从瞬间到永恒

在与母亲的"游戏"中，"我"懂得：离我们最近的幸福在我们身边守候，我们可能在一秒钟就能读懂它，也可能要用上整整一辈子。

三　姐

◆文/陈志宏

我有三个姐姐一个妹妹,除三姐外,其他几个姐妹都嫁在离家不到10里地的外村。三姐嫁得很远,在我们那里,有一句话流传甚广,有女莫嫁外省郎。3岁小孩都心知肚明,那是对女儿的轻贱,对自家的贬斥。十里八村第一个背离此宗的,正是我的三姐。

在我看来,三姐是个彻头彻尾的远亲,儿时的朝夕相处只留下一丁点儿的记忆,如梦一般轻飘,尽管如此,也改变不了我和三姐骨肉相连,情深谊长的现实。

三姐的降生不是时候,注定命运多舛。那时候,父母已为接连生了两个女儿伤透了脑筋。及至三姐的出世,母亲愁云惨淡,把满肚子的怨恨都冲三姐泼洒。8岁那年,三姐不幸得了一场"痨病",左挨右拖,后来,勉强治好,已是瘦骨嶙峋,空有一层外壳。那时起,母亲就信口叫三姐"壳壳子"。我也跟着叫她壳壳姐,三姐不恼,笑着应承。

12岁的时候,三姐被父亲送到在抚州市上班的一远房亲戚家做保姆。临走的时候,我对三姐极度羡慕,觉得她已是城里人,不断地巴结她,希望她回来的时候,能带些好吃的好玩的回来。我笑着,闹着,三姐却哭成泪人儿似的,对我的每一项请求,只是机械地点头。那时,我不懂三姐为什么要哭,当城里人多好啊,有汽车坐,有洋房住,还伤哪门子心?其实,三姐心里比谁都明白,此去一别,将是永远告别生活了十多年的家——父母是变相地把她卖到抚州去的呀!

那个远房亲戚给了我们家100块钱,并且允诺等三姐把他们家的孩子带大了，就给三姐找一份工作，帮忙物色一个城里的对象。他们还特别强调，将来三姐的聘礼一定要他们收，作为回报，那100块钱就是三姐和家里的了断费。父亲挑着担子，三姐低着头跟在后面，渐渐走出村后的田畈，哭声充满了整个田畈，泪水洒了一路。回想过去跟三姐朝夕相伴，她这一走，我竟也生出许多不舍来。令我万万没想到的是，从那一刻起，我和三姐就割断了生活在一起的纽带，生生地成了"远亲"。

两年后，三姐回了一趟家里，给我买了新书包、铅笔盒和一套《薛家将》的连环画。当天晚上，三姐和我睡在一张铺上，一字一句地教我唱香港电视连续剧《霍元甲》里的主题歌："昏睡百年，国人渐已醒……"那是我童年最快乐的一个夜晚。第二天，三姐老早就起来了，饭都没吃一口，背着一个包袱就走了。我现在依然清晰地记得三姐站在床前对浅睡中的我说的那一句话："弟弟，明年你就要读初中了，你一定要好好读书，给爸爸妈妈争口气！"

直到我初中毕业，再没见过三姐。那时候，我在乡中学寄宿，一月才回来一次。三姐偶尔回来一两天，我也无法见上她一面。渐渐地，我对三姐的感情便淡漠了，相反，对大姐二姐的感情与日俱增，因为，她们来赶集的时候，都会塞些零花钱给我，间或买几个包子、一罐麦乳精。这些实实在在的物品构筑了我对大姐二姐久违的好感。作为城里人的三姐极其吝啬，不但不送任何东西给我，而且连一句暖心的话都没有。其时，我的三姐正遭受一场人生的劫难。我的那位远房亲戚见他的儿子长大了，不需要三姐带，便冷言冷语对她，到后来，饭都不让她吃。处在花季中的少女，三姐居然饱受饥饿之苦和冷箭穿心的煎熬。对于三姐所受的一切，当时，我一无所知，父亲在临终前才告诉我真相，嘱咐我出息了一定不要忘记三姐，家里亏欠她太多。

　　我在等待中考放榜消息的时候，父亲推着一辆破自行车把三姐从抚州接了回来。父亲沉默不语，眼圈发红，含着一股无名的怒火。五年不见，三姐白了许多，高挑的身材显得极为单薄，脸是那种久浸水中的鲜笋的颜色，白里透着一种不健康的浊黄。尽管这样，她还是那么漂亮，有一股种田人所不具备的洋气。三姐冲我粲然一笑，轻轻地叫了一声"弟弟——"，我没作反应，自个儿跑了，躲在房间里看小说。

　　农忙还没开始，母亲迅速给三姐找了一个婆家，是外公介绍的。男方与外公同村，基于对母亲的信任，见了三姐一面后，很快就答应了这门亲事。数天后，亲戚朋友便一起到男方家里喝订亲酒。印象中大姐二姐的喜酒很薄，这次却不同，极为丰盛，显示其家底的殷实和对三姐的高看。散席后，男方长辈还给我这个准舅舅发了一个大红包，整40元，在当时，已属极高的规格。

　　喜宴第二天，男方嫌三姐做过保姆，便托外公捎信，婚事取消。喝了订亲酒，又被断了喜事，对于一个农村女子而言，是极其折面子的，这让三姐往后还怎么活？偏偏我不知轻重，一恼火就骂三姐："你能耐？你能耐怎么没人要了？"三姐被骂得泪眼婆娑，泣声连连。

　　"双抢"开始了，父亲没把我和三姐叫上，让我们留守在家里，翻晒新谷。三姐忧郁成疾，整天待在屋内，看谷赶鸡成了我的专有任务。

　　这天，父母都去田里，我坐在屋檐下看小说，来了一帮人，把一张纸强塞给我，其中一个对我说："小子，你在上面按个手印吧。你已经16岁了，说话算话。"看完那纸协议，我明白了，他们要我让出一部分宅基地给他，我告诉他们："这事我做不了主，等我爸回来再说。"我再三坚持，里面就有人拿刀出来，嚷嚷："我把你宰了，让你家成绝户！"

　　"看谁敢动我弟弟！"只听见三姐一声吼叫，她便像一阵风一样从屋里跑出来，和那帮来争地的人扭打在一起。那人一刀向我砍来，三姐迎头挡上,脸上手上,到处流血,成了一个血人。我高喊一声"姐姐——",吓得晕倒在地上。我不明白三姐常常被我骂到最伤心之处,为什么还会对我那么好,不要命地救我。三姐只是笑着说:"谁叫你是我的弟弟。"在那次砍杀中,三姐只是伤到右手小指,脸上的血都是鼻血,没有遭到毁容,这是不幸中的万幸。后来,身子柔弱的三姐闹到肇事者家中,逼迫他们交出 60 元医药费,放弃对我家宅基地的觊觎。一时间,村里都向三姐竖起了大拇指,夸她打灭了村霸的嚣张气焰,比男崽还强。

正当我找回对三姐好感的时候,三姐再一次离开了家里——这一回是长久地远离。我有一个表哥在福建省沙县做木工,与当地一未婚青年交情甚厚,便不远千里带他来江西与三姐会面。正处在焦虑的当头,三姐毫不犹豫地决定把自己嫁掉,父母亲的态度则像是对待不断跌价的股票,能脱手尽快脱手。

我去县城念高中的时候,三姐还把我送到集镇上赶班车,而我在一个月后回家时,只看见一只锃亮的敦煌牌口琴。母亲告诉我,三姐在和姐夫上抚州买衣服的时候,给我买了这只口琴,之后,她跟姐夫到福建去了。吹口琴是我在初中时最大的爱好,这爱好仅限于校园之内,父母都未知,三姐她从哪儿打听来的呢?

元旦将至,我把对三姐的思念付诸一张薄薄的明信片,寄给远在大山深处的三姐。三姐离家天远地远,极少有娘家人前往,遇到什么问题,与姐夫闹个小矛盾什么的,连个倾诉之人都没有。所以,每年我都会给三姐寄去一张贺年卡,让她知道家里人在记挂她。

1994 年 10 月,我考上大学了,三姐和姐夫一同从福建赶回家,她喜滋滋地拍着我的肩膀说:"弟弟,你出息了!"她偷偷地塞给我 200 元钱,嘱咐我在学校里要吃好一点儿,不要太省了。半年后,父亲与世长辞,家里捉襟见肘,生活十分拮据。我在校节衣缩食,勉强能够度日。三姐给我写来一封字体歪歪扭扭的短信:"弟弟,姐姐们就算我宽裕一点儿,往后生活有困难就和我说一声。千万别亏待自己，千万要想开一点儿，爸爸走了是再也回不来的。"信里字迹有些模糊，那是三姐流下的泪。我怀揣着这封短信，一个人跑到校园后山，抱着一棵马尾松痛哭，哭声淹没在松涛之中，一波盖过一波。

1995年12月1日，我向学校请假，前往北京鲁迅文学院进修。按我的家庭条件，已无法负担此项费用，但我实在难舍这么一次机会，便向同学借了1000块钱成行。在北京，我向三姐写了一封言词恳切的信，告诉她我的窘况，并请她原谅我的先斩后奏。接到信后，姐夫正在深山地里种黑木耳，脱不开身，三姐便怀揣2000块钱进京找我。三姐在鲁迅文学院门口一家福建沙县人开的小餐馆里，请我饱吃了一顿云吞，塞给我钱，便匆匆踏上返途。三姐经过这么一趟长途跋涉，她腹内的第二个孩子流产了，由于遭受感染，致使终身不孕。

回到家里，母亲狠狠地骂我："你怎么那么不懂事。家里这么穷，还要跑到北京去逍遥自在？你知不知道你三姐为了给你送钱，孩子都没了……"母亲哭了，作为女人，她更懂得失去孩子的痛心，更何况三姐是永远失去了。我无语，只任泪水往心里流。

大学毕业后，我在省城南昌工作，几个姊妹中，我是唯一一个进了城的。我惦念着三姐，写信让她来南昌玩，她总以太忙太远为借口推掉。我知道，她是不想给我添麻烦啊。

2003年2月28日，我和妻子的婚礼在南昌举行，乡下的亲人都来了，三姐也风尘仆仆地赶到。她悄悄地送给我们5000块钱，并嘱咐我和妻子："你们花销大，拿着。不过，不要跟你姐夫提及这事。"三姐都三十好几了，脸上还是十几岁时做游戏的表情。

2004年5月，我选购了一套新房，三姐得知我装修缺钱的时候，特地不远千里从家里给我们送了1万块钱。这一回，我坚决不收。三姐家在深山林区，生活并不富裕，而且，外甥马上就要上初中了，花钱才刚刚开始。三姐眼睛湿润了，强忍着哭泣，说："弟弟，这钱你一定得收下。爸爸在临终前对我说,'女儿当中,就数你的条件好一些,以后得多资助你弟弟。咱们在村里受太多气了,只要他有出息,我就含笑九泉了'。你在城里买了这么好这么大的房子,就是有出息,我不能不来帮忙!"其实,父亲也这般对我交代过,三姐受苦太多,家里欠她的太多,但是,我对三姐又帮了什么呢?心里唯有愧疚。

之后,就传来三姐离婚的消息,我心急如焚,打听个中缘由。三姐捂了很久,才说开了:"你姐夫说我给家里的钱太多……"为了解开姐夫对三姐的误解,我想到很多法子,都不奏效,最后,找到当地电视台一个情感栏目的制片人,把事情的来龙去脉说了一遍,希望他们能帮忙。他立即被我们姐弟之间的深情感动,决定拍摄。

那天晚上,姐夫在幕后听我和三姐说过去的故事,已是泣不成声。当他在编导带领下进入演播大厅的时候,紧紧地抱着我,"弟弟!弟弟——"他和三姐结婚十多年了,还是第一次这么激动这么直白地对我说话。然后,姐夫郑重地对三姐说:"咱们回家吧!"

这时候,主持人说话:"在独生子女越来越普遍,姐弟关系越来越稀缺的今天,我们看到了一对平凡的姐弟在凡俗中温暖人心的情感细节。这让我们体会到'姐姐'一词深远的内涵,那是圣洁的,关怀的,无私的,美丽的,它朴实而善良,温厚而淳朴,散发着迷人的芬芳。"这何尝不是我发自内心要表达的呢?

又有很久没见到三姐了,姐姐,你好吗?

从瞬间到永恒

当三姐和姐夫在舞台上重归于好,"我"知道,这将是"我"心中最动人的画面,无法复制,且满载着我们深深的手足情。

生命的礼物

◆艾/贝 蓓

从我没记事起，就在奶奶身边。

奶奶的白天和晚上是不同的。晚上她一边梳头，一边讲神奇的故事给我听。夜晚给她的声音镀上神秘的色彩，我几乎认为她被故事里的神仙施了法术，她要是长了翅膀飞了可怎么办？于是我就拼命地钻进她怀里，把腿也架在她身上，生怕她离开。她就会搂住我钻进被窝里，每天晚上，我都在她坚实的臂弯里，幸福地进入梦乡。

第二天，她成了白天的奶奶，个子高，身板儿壮，穿得干净整齐，浓密花白的头发一丝不苟地绾在脑后，我就觉得安全了。

奶奶没念过多少书，但是有学校里学不来的善良心地。她喜欢动物，最多的时候同时养着26只鸡、两条狗和3只猫。我就是数小动物才学会数数的。可她唯独不养猪，因为不忍心年底拉去杀了。

奶奶带给我生命里的好多记忆，最清楚的，就是七岁生日那天，她送给我的礼物。

那天早上她利索地收拾好一切，在小炕桌上放好米粥、圆胖的馒头和蘸酱的青菜黄瓜。然后，她偷偷地走过来，掀掉我的被子，用温暖的大手抓住我的脚腕，猛地把我倒提起来，笑着说："懒伢子，再睡就这样把你挂在门外边晒太阳。"我早就醒了，就等着她来提我，然后大笑着喊救命，奶奶也跟着大笑，我们都是快乐的孩子。

这时，外面传来了唢呐声，断断续续，凄凄惨惨，听得人害怕。我快速地穿好衣服，和奶奶出门去看。

门口的石阶上坐着一个脏乞丐，头发长得盖住了脸，穿着破烂的裤子，身上裹着一条破毯子。他身边卧着一条棕色的大狗，那条狗看上去已经不行了，老得连牙都掉光了。听到开门声，狗艰难地睁开眼睛看了我们一眼。它一动，乞丐就爱怜地摸摸它的头，狗便安静了。

乞丐见出来了人，就轻轻地对奶奶说："老姐姐，点个曲吧，我不要钱，就给狗换碗稀饭吃。"我吓得躲在奶奶身后。

"你等等。"奶奶说着，拉着我转身回了屋，用很快的速度，把一大块牛肉切得细碎，煮进了粥里。我知道这是奶奶给我生日准备的，说好晚上要为我做一碗长长的牛肉面来着。

看着翻滚在锅里的牛肉粥，奶奶摸着我的头说："伢子乖，明天给你补上。"其实我一点儿都不生气，只要奶奶在身边，天天都是生日。

牛肉粥煮得香喷喷的，奶奶端了稠稠的两大碗出去。一碗给乞丐，一碗放在狗嘴边。乞丐惊讶地看着我们，头发后面的眼睛闪着奇怪的光。

"这饭我不能白吃，您还是点首曲吧。"奶奶想了想说："你会吹《生日快乐》歌吗？伢子今天七岁了。"

乞丐看似有些为难，奶奶也不急，先自己哼了一遍给他听，只一遍，乞丐就记住了。

唢呐吹出的《生日快乐》歌怎么听都不是味儿，再看那奄奄一息的狗，连嘴边的粥都没力气去吃了，我忍不住掉了眼泪："奶奶，大狗真可怜，它会不会死呀……"

"都会死的，不管是人还是树，房子也会塌。哭没有用，要趁它们还在的时候好好待它们，到时候土堆里面的、外面的就都安心了。"我听不太明白，知道奶奶对我说的是对大人说的话，她把这话作为礼物送给了七岁的我，等我长成大人后就会明白。

一年后，我就被做生意的父母接回城里了。那天父母给我穿上崭新的衣服和皮鞋,把我拖出了门。我不知道自己为什么要跟着两个陌生人走。我拼命扭着头使劲地哭着喊奶奶。可她只能倚着院墙站着,抹着眼泪,那高大的身体好像撑不住了似的。

城里的日子并不好过,没有温暖的大手,没有神奇的故事,也没有奶奶院子里的鸡鸭猫狗……

直到奶奶去世,我都没有机会再回那个山坳里的小村庄,只能在梦里看到橙色的黄昏中,奶奶站在院子里,边喊我边把和好的鸡食撒在她周围。接着,我跑进院子,扑在奶奶怀里,闻着她身上稻草燃尽后的味道,看着她围裙中间的大补丁上一朵朵火红的花,多么幸福啊!

多么快乐的梦境,可每次醒来时,枕头分明是湿的,我一直无法判断自己在奶奶生前待她够不够好,不知道土堆里的奶奶是否安心。

以后的所有生日,也都是在城里过的,虽然会收到大堆的礼物,可还是觉得索然无味。

怎么能比呢!再也找不到任何礼物有那样的分量了,那是奶奶送给我的生命的礼物啊!

从瞬间到永恒

奶奶的礼物无法用财富去衡量,它教会"我"成长的心灵之歌,是"我"一生取之不尽、用之不竭的宝藏。

幸运币

◆文/[美]艾琳·维拉格　吴崇明　译

　　我曾和奶奶来到爷爷的坟前,栽种了一些风信子。那天春光明媚,奶奶用大剪刀把草修齐,使墓碑上的名字不被遮住。她用匈牙利语轻轻地对爷爷说着什么,然后又低声为他祈祷。

　　我帮奶奶除去杂草。我问奶奶,墓碑上能不能坐。她说用不着客气,那是爷爷的家,有一天也会是她的家。她的名字——珀珥——早已刻在了那块花岗石上。奶奶是位虔敬之人,她已身心疲惫,她说自己正等着上帝召唤。

　　我们在父母离婚之后都跟着奶奶生活。每当夏夜降临,奶奶总是坐在前面走廊上的一张摇椅里,听蟋蟀鸣叫。她会一边用钩针编织手巾,一边讲蟋蟀在说什么话,那些故事使我和妹妹十分开心。

　　我们在屋里睡觉时总要用匈牙利语一起背诵一段祷词,遇到我不会发音的词语,奶奶就耐心地重说。奶奶性格坚强,但很慈善,面带微笑,和蔼可亲。她早就腿脚不便,用上了拐杖,步履维艰,走路时总是小心地望着脚下。

　　那年春天祭扫墓地的时候我才六岁,因为我们先去过教堂,所以我穿的是礼拜服——一件带圆点花纹的裙子,后面打着蝴蝶结,脚穿白色短袜,外着亮黑的皮鞋。我故意拖着脚,鞋尖踢着鞋跟,在低矮灰暗的墓石间走动。"脚下留神!"奶奶告诫我。我确实需要训斥,因为我总是在前头乱跑,根本不在意脚下的障碍物,这就难免跌跤,膝盖和肘上的绷带便常常是我心不在焉的明证。

奶奶告诉我的时候总是一字一顿,不厌其烦,那深沉之语,仿佛是人生之旅的灯塔。但我则以为那是大人在故意管小孩,所以常常装着没听见,依旧在前头跑着耍着,不过我通常还是要转回她身边的,就像那天一样。

或许正是因为这样走路,才使得奶奶格外能发现一些小钱币。

就在那个不寻常的礼拜日,奶奶发现了一枚硬币,那是在一座坟前刚割下的草里发现的。钱与泥土、草混在一起,已失去光泽,变得灰暗,要不是奶奶提醒,我就从它旁边踏步而过了。奶奶停下来,用拐杖轻叩着说:"看看那儿!"那语气好像我们遇上了宝贝似的。"这是一枚幸运币,把它捡起来。"奶奶接着说。

那时我很小,非常迷信神魔,于是就捡了起来。

那天是我头一回听说"幸运币",说"幸运"是因为只有你发现了它们而别人从未发觉。它们仿佛是些小小的礼品,是天赐之物,奶奶这样认为;当你捡到一枚幸运币的时候,你应该这样说:"幸运幸运,降我好运;我心之诚,此物为证。"

奶奶低声祈祷,她的声音柔和悦耳——这种和悦之声过去常常是一种轻吟低唱,使人蜷缩在奶奶的怀里进入梦乡。听着奶奶的教导,我觉得奶奶仿佛是感应到了天地万物之奥秘。

"许个愿吧!"我俯拾幸运币时奶奶说。她还叫我把自己的愿望保密——好像你吹灭生日蜡烛或对着星星许愿时所做的一样,奶奶说:"把幸运币收好,总有一天会心愿成真。"

我看着手里的"魔物",重复着那些"咒语",心潮立刻涌向那些我所渴望的事情上:我想学会骑两轮车,我想扔掉挂在衣橱里的带圆点花纹的裙子,我想在礼拜日穿旅游鞋而不穿那亮黑的皮鞋。奶奶笑了,好像她已看透我的心思,她说:"要保证那是你真诚的愿望。"

春日融融,我在墓地里默默祈祷——寿比南山松不老,奶奶!

"幸运币要久留，"奶奶说，"因为有的愿望要过好久才能实现。"尽管那样，我知道奶奶的话仍有道理。我把幸运币塞到鞋子里，这样就万无一失；回家时则放在枕头下，安然无恙。

那年九月，奶奶去世了。那天晚上，屋里似有"异常之兆"，我轻轻爬下床，拿出那枚和奶奶一起发现的幸运币，它珍藏完好。我把它紧紧握在手里，我知道过去对它寄托的愿望将难实现；我知道从那一天——去墓地的那个礼拜日起，也将有一天会去祭拜奶奶。

举行葬礼那天，我发现了另一枚幸运币。"这样的日子我能交好运？"我心中茫然，想不去捡它，但我想起了那天在墓地里奶奶用拐杖叩着幸运币的情景，我记得，阳光照在我的脸上，新割下来的草清香四溢，花岗石嵌在墓前。现在，这就是奶奶的家了。

我捡起幸运币，塞进我的黑皮鞋里，收藏了一天，从墓地回家后，我把奶奶的茶杯从碗橱里取出，把幸运币放在茶杯里，然后把茶杯置于我的床头柜上。

现在，幸运币仍珍藏在我身边，其实，我已收藏了数千枚。我能发现它们，是继承了奶奶的第六感觉，这些幸运币，装满了我的花瓶、首饰箱、塑料袋和钱包，装满了食品罐、饼干盒和瓷杯。

我甚至用幸运币作为处事依据。通常在我遇到麻烦或有要事定夺之际，幸运币预示着我祈求的小小奇迹。它们使我深信：我无力企及的目标也终将如愿。

奶奶说，幸运币是天赐之物，而我则觉得，幸运币是奶奶的馈赠。奶奶仿佛在注视着我的生活，仿佛在鼓励我："很好。艾琳！"她用匈牙利语叫我的名字："你会通过它获得成功。"

或许我寄予幸运币的第一个愿望确已成真——奶奶并不曾离去，每次我捡起幸运币的时候，我都想起她：我看见奶奶斜依拐杖，老态龙钟，目视双足；我听见了奶奶的声音，那是她唤我入睡的催眠曲，还有在静夜里清晰可辨的匈牙利语的祈祷声。

"幸运幸运,降我好运;我心之诚,此物为证。"

　　小小"幸运币",寄予了奶奶对"我"的所有期望和关爱,使"我"在以后的人生路上满怀希望,从不绝望。

沃夫卡和祖母

◆文/［苏联］阿·阿克谢诺娃

原先沃夫卡和他的父母住在北部的摩尔曼斯克。三年前，他母亲不幸病逝。他父亲是位船长，经常出海，无法关照他，好心的邻居把小沃夫卡接到自己家里住。后来，父亲决定把他送到乡下祖母那里去度假。

开始，他并不太喜欢祖母。沃夫卡已习惯于所有亲朋好友都娇宠他，可这位祖母却并不溺爱他。

就在第一天，沃夫卡扭伤了脚，疼得他号啕大哭了好久。但祖母却平静地说："别哭啦！你又不是小孩子。"说完，就让他去商店买面包。沃夫卡只得去了。

他把面包买回来，往桌上一扔，说道：

"给你面包。"

"你这是干什么，怎么这样说话？"祖母生气地说。

沃夫卡也不答话，扭头就去睡觉。他嘴上说不想吃饭了，心里却在想，祖母肯定会来问他，并会逼着他去吃晚饭。但祖母什么也没问，也没叫他去吃晚饭。早晨起来，沃夫卡还得打水，买面包，然后到地里帮祖母干活。沃夫卡对这一切老大不痛快。

有一次，他对祖母说："您写信让父亲来接我回去吧！"

"没关系，你会习惯的。"祖母答道。

"我要把这一切都告诉我父亲。我为什么整天干活？我现在是放假，我应该休息，可我却整天干活。"

"别人都在干活嘛，你又不是小孩子。"

"可我才上二年级！我不过才九岁。"

"所以我说你已经是大孩子了。我九岁的时候，早就下地劳动了。"

但沃夫卡还是赌气不再好好干活了。他想，如果他干得很糟，祖母也就不会再让他干了。有一天，他没去商店，晚上祖母说："今天我们不吃晚饭了。因为没有面包吃。"结果沃夫卡只得饿着肚子去睡觉。当祖母明白过来后对他说："这是无济于事的，你还要住在这里，而且也会喜欢上你的祖母。"

沃夫卡生气地瞪着她，一句话也没说。

有一天，沃夫卡跟他的好朋友维佳谈起了他的祖母。可维佳却对他说：

"你还不了解她，她可是个无所不能的人。村里的人都非常敬爱她。她懂很多，甚至还会治病。我们有个邻居有一次头疼得很厉害，吃什么药都不管用，而你的祖母很快就用草药把他治好了。"

"她还会干什么？"沃夫卡兴致勃勃地问道。

"什么都会，"维佳答道，"她能识别所有的草木，她还特别善于洞察人们的内心世界。"

"这倒是，"沃夫卡说，"她总能知道我在想什么。"

有一次，沃夫卡和祖母一起到大森林里去。祖母在森林里如人家门：每一棵小草，每一棵树木都成了她的老相识。祖母告诉沃夫卡各种各样的小草，瞧，这棵小草专治头痛病，那棵小草专治心脏病……

"你怎么会知道这些的？"沃夫卡问。

"我在乡下住了一辈子，我的母亲特别熟悉这些草木，是她告诉我的。"

"奶奶，那你是怎么把那个人的病治好的？"沃夫卡决心问个明白。

"什么人？"

"你们村上的，他头疼得很厉害，吃什么药都不管用。"

"我已经记不得了，"祖母说，"怎么治好的？你看到了吧，我知道头疼时吃哪种草药管用。"

"那吃药为什么不管用呢？"

"因为他并不相信他能康复。"

"那他相信你吗？"

"是的，我把草药给他，并告诉他，过三天就会好的。重要的是他信任我。"

现在，沃夫卡已经喜欢上了祖母，他决心也做一个值得别人信任的人。现在，祖母让他干什么，他都乐意去干。他喜欢祖母不像小孩子那样娇惯他。

几天过去了。从摩尔曼斯克拍来一封电报，祖母看了电报说："嘿，这下你该高兴了！"

"父亲要走吗？"

"不是父亲要走，而是你要走。"

"为什么？"沃夫卡问道。

"因为你父亲希望你回去。"

"那剩你一个人怎么办？"

"如果你愿意，还可以到我这儿来；如果不愿意，就说明你祖母不怎么样。"

沃夫卡想对祖母说，他非常爱她，但什么也没说出来。他站在那儿，泪水夺眶而出。

从瞬间到永恒

祖母有足够的自信认为"沃夫卡"会喜欢上她，事实上也的确如此。这种喜欢在"沃夫卡"要离开她的那一刻简直要溢满心田，原来祖母教会沃夫卡那么多知识，带给沃夫卡那么丰富的精神养料。

父亲的遗物

◆文/佚 名

站在椅子上打开吊柜寻找东西，蓦地看见角落里那一只手拎包，它是黑色的，革的，很旧的。拉锁已经拉不严了，有的地方已经破了。虽然在吊柜里，竟也还是落了一层灰尘。

那是父亲生前用的手拎包啊！

父亲病故十余年了，十余年中，我不止一次地打开过吊柜，也不止一次地看见过父亲的手拎包，但是却从没把它取下过。我怕陷在不可名状的亲情回忆里。

然而这一次我的手伸出又缩回，几经犹豫，最终还是把手拎包取了下来，但我并没有打开它。

我认真仔细地把灰尘擦尽，转而腾出衣橱的一格，将它放入。我很内疚，不该让父亲的遗物落满了灰尘的啊！

我不必打开它，也知道里面装着一把刮胡刀。父亲的络腮胡子很浓，刮时发出刺啦刺啦的响声。父亲去世前，刮胡刀的刀刃已被磨得只有原先的一半那么宽了。因为父亲的胡子硬，每用一次，必磨一次。父亲的胡子又长得快，四十几年的岁月里，刀刃自然耗损明显。

手拎包里还有一个小小的牛皮套，其内是父亲的印章。父亲一辈子只刻过那么一枚印章。木质的，比我钢笔的笔身粗不到哪儿去。父亲一生离不开那枚印章,当工人时每月领工资要用,退休后每三个月寄来一次退休金,60余元,一年仅用数次……

一对玉石健身球,是我花50元为父亲买的。父亲听说是玉石的,虽然我强调只花了50元,父亲还是觉得那一对健身球特别名贵,他只偶尔转在手里,之后立刻放回盒中。

再有,就是父亲身份证的影印件了。原件在办理死亡证明时被收缴注销了。我预先影印了,留作纪念。

除了以上东西,父亲这位中国第一代建筑工人,再没留下什么遗物了。仅有的这几件遗物中,健身球还是儿子给买的。

手拎包的拉锁,父亲生前曾打算换过。但那要花3元多钱,仔细了一辈子的父亲舍不得花。父亲曾试图自己换,结果发现皮革已有些糟了,咬不住线了,没换成。我曾给过父亲一只开会发的真皮的手拎包,父亲却将那真皮的手拎包收起来,舍不得用。他生前竟没往那真皮的手拎包里装过任何东西……

父亲逝世前一个月,我为父亲买了六七盒"蛋白注射液",大约用了近三千元钱。我明知那绝不能治愈父亲的癌症,仅为我获得一点儿心理安慰罢了。父亲那一天状态很好,目光特别温柔地望着我笑了。

可母亲走到了父亲的病床边,满脸忧愁地对我说:"你有多少钱啊?买这种药能报销吗?你想把你那点儿稿费都花光呀?你们一家三口以后不过了呀?……"

仰躺着已瘦得虚脱了的父亲低声说:"如果我得的是治不好的病,就听你妈的话,别浪费钱了……"

沉默片刻,他又说:"儿子,我不怕死。"

听了父亲的话,我心凄然。

从瞬间到永恒

　　父亲的遗物少之又少,这不仅仅是因为父亲是个仔细的人,更因为父亲对"我"浓浓的爱已经在岁月中堆砌成一种习惯。

棉　窝

◆文/佚　名

　　我年轻的时候在一个乡下中学教书，不知因为什么，感觉那时候的冬天比现在冷得多。学校当时还没有用上自来水，一人发一个铁桶自己到井里打水用。印象很深的是一到冬天，放在屋角的水桶里总会结上厚厚的一层冰。我的脚就是在那时候冻伤的，一开始是红肿，痒，且痒得难受。到了夜里，脚在被窝里被热气一焐，更是痒得钻心。

　　母亲到学校来看我，见我的脚冻伤了，心疼地说："我总说你结了婚成了家，啥事也不用我操心了。看起来离了娘还是不行啊！"母亲回去后就给我做了一双棉窝让父亲送到了学校。在我们这里，棉窝和棉鞋是有区别的：棉鞋可以在正式的场合穿，因此一般做得比较硬梆，讲究的，还用桐油将鞋底及鞋面的根部油一油，可以防水；而棉窝则纯粹是在室内穿的，因此比较柔软、厚实，保暖性也强。那时候我教两个班的语文，备课、批改作业什么的常常要弄到很晚才能上床睡觉。母亲知道这一点，做双棉窝专门让我夜晚熬夜的时候穿。母亲特别让父亲转告我：夜晚熬夜的时候先用热水将脚烫一烫，等烫透了，再穿上棉窝，保暖效果更好。我按母亲说的办，果然夜里坐到啥时候都不冻脚了。

　　这双棉窝陪我在乡下度过了好几个冬天。

　　后来，我就调回城里了。

　　回城不久，我就买了一双皮棉鞋，里子还是绵羊毛的，穿在脚上暖和和的。有了皮棉鞋，那双棉窝就被我扔在床下不管了。

　　又过了几年，终于，在一次春节前打扫卫生的时候，那双棉窝被我扔到了垃圾堆上。

　　巧的是那天中午母亲从乡下进城看我来了,母亲是来给我送馍的。每年春节前母亲都要在乡下蒸好馍给我送来,好让我们过年。奇怪的是母亲进门的时候一只手里还掂着我清早刚刚扔掉的那双棉窝。母亲放下背着的馍说:"你看看巧不巧,我下了火车刚刚走到邮电局,就看见一个收破烂儿的车子上放着你这双棉窝。我当时就火了,说你咋把俺娃的棉窝偷走了?那收破烂儿的老头还不认账,说在家属院的垃圾堆上捡的。我说俺娃这双棉窝还好好的咋会扔了?一准是你偷的。老头急了,说要是偷的就让他过不去这个年!我忙说大过年的,快别说那不吉利的话。这样吧,俺娃的这双棉窝你还给我,这都快晌午了,我送你两个菜包,你到食堂里买碗胡辣汤就着吃吧。"说完,母亲仿佛捡了多大便宜似的笑了起来。

　　我当时尴尬极了,吭吭哧哧半天才说:"这收破烂儿的真是,一不注意就顺手牵羊把东西拿走了。"

　　如今,母亲早已不在了,那双被我扔掉又被母亲重新要回的棉窝至今还放在木柜子里。冬天的时候我常常会拿出来试着穿一穿,一穿浑身就会涌起一股暖流。

从瞬间到永恒

　　母亲做的棉窝,不仅暖和实用,而且里面蓄满了母亲的爱。

无袖的毛衣

◆文/佚 名

我是一个很用功的学生，可高三那年冬天，一下自习，哪怕当时只有9点多一点，我都要跑回寝室，钻到被子里。因为我是班上唯一没有毛衣穿的人。

爹妈知道儿子没毛衣，但无能为力，只能在信上一次次惭愧地嘱咐我：饭多吃些，能顶寒！

天气一天比一天冷，我后来实在坚持不下去了。我给妹妹写了封信，小心翼翼地提出了这件事。

信一投出，我就后悔了，这不是给妹妹添乱吗！

妹妹小小年纪就出嫁了。婆婆家太穷，拿不出路费，以致妹妹出嫁一年了还没有回过娘家。

但我相信，妹妹还是疼我的，像未出嫁时一样。

不久，妹妹就寄来一个包裹，是件毛衣。大小没得说，是妹妹照我的身材织的。但毛衣是半旧的，没有袖子。我第一眼便看出来了，它和妹妹那件毛衣的颜色一样——妹妹拆了自己的毛衣，织给我了！

毛衣里裹着一张纸条，歪歪斜斜有几个字：哥，这些天冻坏了吧，先把这没袖子的毛衣穿上，剩下的，妹妹再慢慢给你织……我感觉泪老往上冒，想哭。

放假回家，在街上碰到父亲。他摇摇头，叹口气说，别回家了，先去医院看看你妹妹吧！我才知道妹妹病了，快不行了。

妹妹躺在雪白的床单上，脸色青涩，身子单薄得很，以致我眼前的那张床显得特别大,特别白,特别可怕。妹妹出嫁时人也瘦,但不是这个样子啊!

我们是一起长大的亲兄妹啊!

我知道妹妹不能吃东西,我还是像儿时一样,把一瓣剥得透亮的橘子递到她唇边,同时抓起那只我再熟悉不过的手。邻居们常说,是妹妹的这只手把我送进学校的,因为妹妹为了我,小小年纪就辍了学。

妹妹的嘴不灵活了,眼也不灵活了,但我看得出,感觉得出,它们都在努力地去动!被我抓住的手颤动着,一松一紧,像一阵乱了套的锣鼓。我知道这是妹妹在传递信息,在和哥哥说话,在交代事情。她在跟我讲我们快乐的童年,一起上学,一起拾煤核,她牵着我的衣角跌跌撞撞在后跟着……

妹妹望着我,手和我说着只有我们兄妹俩才能听得懂的话。她的胸脯一阵阵动着,起伏着,没一点儿规律。我的泪禁不住滚滚而下。

等我把泪擦干,妹妹的胸脯不抖了。我听到父亲的哭声,我看到母亲扑到妹妹身上,使劲儿拍着床板。也就在这时,我才发现床板上有个旧绒球,还有一只没有织完的毛衣袖子……

从瞬间到永恒

一件无袖毛衣,是"我"最挚爱的珍藏,因为妹妹用爱一针一线将其织成,是别人体会不到的温暖和感动。

父爱如杉

◆文/佚 名

夜里,梦见父亲了,他慈祥地对着我笑,饱经风霜的脸上皱纹丛生,让人心痛、怜惜,又温暖无比。眼泪不经意便浸湿了夜色。窗外,那片杉树林在夜风中"沙沙"有声……

母亲生我时难产死了,父亲当年只有23岁,还是个毛头小子。母亲去世以后,父亲没有再娶,后来我曾问他为什么不给我找个后妈,父亲笑而不语,昏黄的眼睛里温情四溢,我猜想,他在思念母亲。

常常可以从邻居们口中听到我记事以前父亲对我的艰辛养育。我饿了,没有奶水,就哭。父亲先是熬米汤,一口一口吹冷后喂我;偶尔我会撅嘴不喝,父亲就抱着我穿乡走户,去找刚刚生了孩子的女人讨奶。

我两三岁的时候很顽皮,父亲要下地干活,于是把我托给左邻右舍闲在家里的老人们看管。他又不放心,在地里干着干着就跑回来,看看我没事,才又去干活。来回地跑,误工又误时,有人劝父亲再找个老婆,父亲眼一瞪,别人再也不说了。

我上中学以后,家里的经济开始捉襟见肘,为了继续供我读书,父亲决定去贩卖树苗。因为唯有这个生意不需要多少本钱,也没什么风险,可是,路途遥远。每次去苗圃进树苗,父亲都早早起床,揣上干粮,骑上那辆破旧的自行车披着晨露出发,来回一百多千米路,回来已是月上柳梢。

回到家,虽然早已疲惫不堪,父亲却并不急着睡觉,他会把树苗在堂屋中央一字儿铺开,每次从中间找出一棵最长、最直、最粗壮的放在一边,然后将其余的按根数分成堆,用稻草一捆一捆扎好,这才上床睡觉。睡不了几个小时,父亲又出发了,沿着乡村小道挨家挨户地兜售。等我起床,就会发现后院的空地上又多了一棵新栽的杉树。

一棵,两棵,三棵……树苗越来越多了,渐渐地形成了一片杉树林,父亲把它们栽得整齐有序,横看成线,纵览成排。我问父亲:"为什么不一下子全栽了,而要一棵一棵地栽呢?"父亲一边浇着水,一边说:"我要把最好的树苗栽在这里。"我又问:"你栽这么多树干吗?又不能长出稻子来。"父亲歇下来,使劲儿地吸一口烟,然后摸摸我的头,得意地说:"等你长大娶媳妇的时候,好给你打家具呀!"

有一次,父亲像往常一样出去进树苗了,我一个人在家。到了下午,天气骤变,一时间飞沙走石,暴风雨突然降临,屋顶上的瓦片都被风掀了起来,不时有树枝、石子、瓦片什么的砸下来,我钻到床底下,害怕得直发抖。

直到凌晨三四点钟,父亲才跌跌撞撞地回来,额头上的血和泥浆粘在一起,已经有些凝固,衣服破得不堪入目,自行车摔得变了形。我无法想象那样的雨夜,他是怎么赶回来的。父亲确认我没事以后才长长地舒了一口气,并说,以后再也不去进树苗了。

可是父亲还是去了,越来越昂贵的学费和生活开支逼得他别无选择。不同的是,此后每次出发前,他都要反复提醒我,如果再有暴风雨,就跟着邻居跑,不要站在电线下、树下和屋旁。每个星期,父亲都会将那些残破不堪的零钱清理整齐,用橡皮筋扎好了,然后交到我手上:"伢子啊,一定要好好读书。"在父亲日渐苍老的面容下,我像一棵小树苗,茁壮成长……

等数到有三百多棵树的时候,我已经大学毕业。父亲做了丰盛的晚餐庆贺,他还破天荒地给我斟了一杯酒:"伢子啊,以后就是大人了,也是个男子汉了,一定要走正道,做正事。"父亲说这些的时候,并没有望着我，我却看见他眼里闪着晶莹的泪光。我知道，那是一种骄傲和喜悦的泪水。

当我兴奋地告诉父亲，我终于可以跳出"农"门，到城里上班时，父亲沉默了。许久，他端起酒杯一饮而尽，然后将酒杯重重地落在桌面上："你觉得在农村就不能干一番事业吗？伢子啊，不论你翅膀有多硬，你都别忘记，你是吃百家奶、穿百家衣长大的。这里所有的父老乡亲，都是你的亲爹、你的亲娘……"那是我第一次听见父亲如此沉重的语气。

虽然相继寄来了几家公司的报到通知，我还是没有到城里上班。恰逢村委会换届选举，父亲征求我的意见后，帮我报了名。因为我是村里唯一的大学生，乡亲们一致推选我做村长，从他们欢欣的脸上，我读到了一份渴望和一种希冀。笑得最开心的当然是父亲，他一边接受着乡亲们的祝贺和羡慕，一边不住地向大家作揖、点头。

我当上村长后的那个秋天，父亲有一天晚上突然晕倒在家里，那一刻，我发现他一下子老了 10 岁。我赶紧喊人将父亲送往县医院。

当我拿到化验单时，惊呆了："你们是不是搞错了？"医生望了望我，略带歉意地说："应该不会错，还是好好安排一下后事吧！"我的眼泪"扑簌簌"直往下落，我怎么能相信，看上去如钢似铁的父亲竟得了胃癌，而且，已到晚期。

我洗了把脸，整理了一下情绪才去见父亲，可父亲仍然看出我的异样，他招呼我坐到床边，拍拍我的肩说："伢子，别伤心，人都是要去的，你娘一个人在下面待了这么多年，我也很想去看看她呢！"我哽咽着："爹，你瞎说些什么啊?"父亲居然朝我笑了笑,目光中有一种迷离的憧憬:"其实,你读大一时我就知道我得了什么病了,终于还是看到你学业有成,我总算可以放心地去了。以后再给我找个好儿媳妇,你娘和我在九泉之下也就心满意足了。"我的眼泪顺着面颊,再一次泉涌成河。

在医院住了两天,父亲便吵着要回家,说死在医院不如死在家里好。我知道他是不想再接受治疗,怕花很多钱。父亲的老哥们到家里来看望他,开着玩笑跟他说:"你现在可不能走啊!"父亲很坦然地笑:"现在伢子也长大成人了,我也算尽到义务了,去阎王那儿报到,他们不会割我舌头了吧!"那人说:"你如果现在蹬腿了,伢子可不好办呢!"

我知道他指的是殡葬改革。那段时间正是农村实行殡葬改革的初始时期,当村委会宣布这项政策的时候,许多老人家都跑到村委会去闹,就连父亲,也时常指责我:"老子活了几十年,也没见过人死了要用火烧的,尸身都没有一个,你要乡亲们怎么去见地下的先人?"我很细致地给他解释,说这是一项利国利民的基本国策,父亲头一摆:"不听,怎么说也不能烧。"

可是有一天,父亲突然把我叫到床头:"伢子,我算是想通了,人都死了,还管他是埋是烧啊!等我去了,你还是把我烧了吧!将骨灰挖一个小坑埋在你母亲坟旁就行。我也算是赶了趟时髦。"我说:"你别说了,我再想想办法。"父亲笑了笑:"当村长就要以身作则,要不然以后的工作还怎么做?"

父亲的病情恶化得很快,一天猛似一天,不多久,就已经不能正常进食,只能靠一天几遍输液来维持生命。偶尔,他会让我扶他到后门,搬一把椅子坐在那里,望着后园里一派葱茏的杉树林,很憔悴,也很得意地笑着说:"爹这一生不算白活,虽然没留给你什么家业,这些杉树,等你结婚时就可以派上用场了。打些家具,再砍一些拿去卖掉换钱,当做结婚的费用。"我站在一旁噙着泪,不住地点头。

父亲走了，没能挺过那个冬天，他是微笑着离开的。他说："好好给乡亲们做事，不要给爹娘丢脸……我终于可以安心地去见你娘了……"

我选了一棵最直的水杉，给父亲做了块灵牌，给母亲也做了一块，剩余的木料请人打了张龛台。每每看见那两块整齐地安放在龛台上的木牌，就像见到了两位老人家，浑身顿时充满了力量。

父亲的杉树越长越高、越来越粗了，它们从来不生虫子。虽然因为栽种的时间不同，粗细不一、高矮不齐，但它们都笔挺地直冲云霄，即使是偶尔的暴风雨将它们吹得东倒西歪，风雨过后，它们便又昂首挺胸，巍然屹立，重新成为村子里最美丽、最壮观的风景。

父亲生前种下的 324 棵水杉树，如今还剩下 323 棵，即使在我娶妻之时，都没曾舍得伐过一棵。妻听过我讲给她的关于父亲和杉树的故事，她也赞成我不去动它们。妻说："这些杉树就像是爸爸的眼睛，时时刻刻都在注视着我们，佑护着我们！"

窗外，杉树林还在夜风中"沙沙"地响着。妻不知什么时候也醒了，下床从衣柜里取出一件大衣披在我的肩上："起来，我陪你去看看杉树林吧……"

父亲用他的质朴和执著为"我"种下一片杉树林，让"我"的人生再无风雨。

鲜花中的爱

◆文/佚　名

　　父亲头一次送我鲜花是我 9 岁那年。那时,我参加了 6 个月的踢踏舞学习班,准备迎接学校一年一度的音乐会。作为新生合唱队的一员,我感到激动、兴奋。但我也知道,自己貌不出众,毫无动人之处。

　　真叫人大吃一惊,就在表演结束来到舞台边上时,我听见有人喊我的名字,而且往我怀里放了一束芬芳的长梗红玫瑰。我站在舞台上的情景至今历历在目,脸通红通红的,注视着脚灯的另一边。那儿,我的父母正笑吟吟地望着我,使劲儿鼓掌。

　　一束束鲜花伴随着我跨过人生的一个个里程碑,而这些花是所有花中的第一束。快到我 16 岁生日了,但这对我并不是一件值得高兴的事。我身材肥胖,没有男朋友。可是我好心的父母要给我办个生日晚会,这给我的心愈发增加了痛苦。

　　当我走进餐厅时,桌上的生日蛋糕旁边有一大束鲜花,比以前的任何一束都大。我想躲起来。由于我没有男朋友送花,所以我父亲送了我这些花。16 岁是迷人的,可我却想哭。要不是我最要好的朋友弗丽丝小声说:"呃,有这样的好父亲,真运气!"我真就哭了。

　　时光荏苒,父亲的鲜花陪伴着我的生日、音乐会、授奖仪式、毕业典礼。

　　大学毕业了，我将从事一项新的事业，并且马上就要做新娘了。父亲的鲜花标志着他的自豪，标志着我的成功。这些花带给我的不仅是欢乐和喜悦。父亲在感恩节送来艳丽的黄菊花，圣诞节送来茂盛的圣诞红，复活节送来洁白的百合，生日送来鲜红的玫瑰……父亲将四季鲜花扎为一束，祝贺我搬进新居并为我的孩子庆生。

　　我的好运与日俱增，父亲的健康却每况愈下，直到因得了心脏病与世长辞，但他的鲜花礼物却从不曾间断过。父亲从我的生活中离开了，我将我买的最大最红的一束玫瑰花放在他的灵柩上。

　　在以后的十几年里，我时常感到有一股力量催促我去买一大束花来装点客厅，然而我终究没有去买。我想，这花再也没有过去的那种意义了。

　　又到我的生日了。那天，门铃突然响了。我觉得意外，因为家里就我一个人，丈夫打高尔夫球去了，两个女儿也出门了，13岁的儿子麦特一大早就跑出去玩，根本没提到过我的生日。因此，当我见到麦特站在门口时，心里一惊。

　　"我忘带钥匙了，"他耸耸肩说，"也忘记您的生日了。喏，我希望您能喜欢这些鲜花，妈妈。"他从身后抽出一束鲜艳的长寿菊。

　　"噢，麦特，"我喊道，将他紧紧搂在怀里，"我爱鲜花！"

从瞬间到永恒

　　父亲的鲜花伴随"我"的成长，给了"我"无尽的支持和鼓舞。"我"爱鲜花，爱有父亲相伴的每一天。

父亲的西装

◆文/佚 名

父亲的衣着总是令我害臊。我希望他能穿得像个医生或律师，但是他永远是一条破旧的牛仔裤，一把折刀将裤袋撑得变形，胸前的口袋里乱七八糟地塞着铅笔、雪茄、眼镜、扳手、螺丝刀……

童年时，我经常爬进他的衣柜。穿上他的衣服站在镜子前面，想象他的衬衫是国王的长袍，腰带是战士的武装带。我睡在他的内衣里，闻着他领口的气味来抵御对黑暗的恐惧。

但是几年后，我开始希望父亲能脱下牛仔裤，换上卡其裤，丢掉长靴，改穿休闲鞋。我不再睡在他的衣服里，甚至开始梦想有另外一个父亲。

我把自己人际交往的失败归咎于父亲的衣着。当大孩子欺负我时，我认为是因为他们看到父亲光着膀子遛狗的样子；女孩子们在背后笑我，我觉得是因为她们看到父亲穿着截短的牛仔裤割草——她们家里都雇人整修草坪（就连那些雇工穿得也比父亲像样），而她们的父亲正穿着柠檬黄的毛线衫和昂贵的沙滩鞋，在海湾的游艇上享受生活。

父亲一生中只买过两套西装。作为修理工，他更喜欢那些不妨碍他趴在车下或者挤在冰箱后面的衣服，穿着这样的衣服他才感觉自如。

但是在父母结婚二十周年纪念日前，他带我去了施乐百货公司。整整一个下午他都在试穿西装。每换一件，他都走到穿衣镜前，微笑着连连点头，问过价格后却又换上另一件。试了大约十套，最后我们却去了一家折扣店，父亲试都没有试就随便买了一套。那天晚上，母亲说她从未见过比父亲更帅的男人!

后来,他穿着这套劣质西装,参加我八年级的颁奖典礼。我宁可他待在家里。典礼结束后,他一边表扬着我,一边换上褪色的运动衣。

当他端着换洗的衣物走向车库时,我开口问他——如今想来,即便是对于 14 岁的孩子,这样残忍的问题也是不可原谅的。

"为什么你不能穿得像点样,就像别人的父亲那样?"

父亲震惊地看着我,眼中充满悲哀。他努力地搜寻着答案,最后丢下一句:"我喜欢这样的衣服。"他的身影消失在车库中,紧闭的大门将我们隔开。

一小时后母亲冲进我的房间,重重地打了我一个耳光,骂我是"不知好歹的蠢货"。这句话一直回荡在我心中,直到后来他们原谅了我。

我渐渐成熟起来,认识到女孩们躲开我的原因并不在于我的父亲,而在于我本人。我明白了父亲那天其实是想告诉我,世上有比衣装更重要的东西。那个晚上,父亲讲了很多。他说他不能多花一个铜板在自己身上,因为他首先要满足我的愿望。"你是我的儿子,我做的牺牲,都是为了你能过得比我更好。"他这样讲道。

在我高中的毕业典礼上,父亲穿了一套新西装。他看起来比平时高大了一些,更加潇洒,更加仪表堂堂。当他走过时,其他的父亲们纷纷为他让路。当然不是为了那套新西装,而是因为西装中的人。

那些医生与律师们从他的昂首阔步中看到了他的自信,看到了他眼中的骄傲,当他们与他交谈时,充满着礼貌与尊敬。回到家里,父亲立刻把西装放回购物袋中,从此我再没见过它,直到父亲的葬礼。

我不知道父亲去世时穿的是什么,但是当时他在工作,想必穿的是他喜欢的衣服,这令我有了些许安慰。母亲想给他换上那件西装下葬,但是我说服了她,为他换上了旧牛仔裤、法兰绒衬衫和长靴。

葬礼那天早晨,我用折刀在他的腰带中多钻出一个眼,这样它就不会从我腰间滑下。我从他衣柜中取出那件西装穿在身上，鼓起勇气站到镜子前。镜子中，除了那件西装，我显得是那样的渺小。

　　仍像童年时那样，父亲的衣服松松垮垮地搭在我瘦小的身躯上。父亲的气息依然清晰可闻，却不再能安慰我。我的心中充满惶恐，并非因为父亲的社会地位——我已不再是那个什么都不懂的蠢货。不，我的惶恐来自我自身，来自对自己的自卑。我久久地站在那里，面对着镜中的我，试着去想象，正如我此生将一直去做的——想象有一天我会像父亲一样高大，撑起父亲的衣服。

从瞬间到永恒

　　父亲永远是高大而伟岸的，无论他是穿西装还是穿一身褪色的运动衣。

父亲的请帖

◆文/佚　名

　　父亲一直是我们所惧怕的那种人,沉默、暴躁、独断、专横,除非遇到重大的事情,否则,很少和我们搭腔。日常生活里,常常都是由母亲为我们传达"圣旨"。若我们规规矩矩照着办了也就罢了,如果有一丝违背,他就会大发雷霆,"龙颜"大怒,直到我们屈服为止。父亲爱我们吗?

　　有时候,我会在心底不由自主地偷偷问自己,他对我们到底是出于血缘之亲而不得不尽点责任和义务,还是有深井一样的爱而不习惯表达或者不会表达? 我不知道。

　　和父亲的矛盾激化是在谈恋爱后。

　　那是我第一次领着男友回家。自始至终,父亲一言不发。等到男友吃过饭告辞时,父亲却对男友冷冷地说了一句:"以后不要来了。"

　　那时的我,可以忍耐一切,却不可以忍耐任何人轻视我的爱情。于是,我理直气壮地和父亲吵了个翻天覆地。后来才知道,其实父亲对男友并没有什么成见,只是习惯性地摆了摆未来岳父的架子,显示了一下权威而已。在很大程度上,是我的激烈反应大大激化了矛盾,损伤了父亲的尊严。

　　"你滚! 再也不要回来!"父亲大喊。

　　正是满世界疯跑的年龄,我简单地打点一下自己的东西,便摔门而去,住进了单位的单身宿舍。这样一住,就是大半年。

　　深秋时节,男友向我求婚。我打电话和母亲商量,母亲急急地跑来了说:"你爸不点头怎么办?"

"他点不点头根本没关系。"我大义凛然,"是我结婚。"

"可你也是他的心头肉呀。"

"我可没听他这么说过。"

"怎么都像孩子似的。"母亲哭起来。

"那我回家。"我不忍,"他肯吗?"

"我再劝劝他。"母亲慌慌张张地又赶回去。三天之后,再来的时候,母亲的神情更沮丧:"他还是不吐口。"可我们的日子都订了,请帖都准备好了。

母亲只是一个劲儿地哭。难怪她伤心,爷儿俩谁的家她也当不了。

"要不这样,我给爸发一个请帖吧。反正我礼到了,他随意。"最后,我这样决定。一张大红的请帖上,我潇洒地签了我和男友的名字,不知父亲看到会怎样,总之一定不会高兴。不过我也算是尽力而为了,我自我安慰道。

婚期一天天临近,父亲仍然没有表示让我回家。母亲也渐渐打消了让我从家里嫁出去的念头,开始把结婚用品一件件地往宿舍里送。偶尔坐下来,就只会发愁:父亲在怎样生闷气,亲戚们会怎样笑话,场面怎样难堪……

婚期的前一天,突然下了一场雪。第二天一早,我一打开门,便惊奇地发现我们这一排宿舍门口的雪被扫得干干净净,清爽的路面一直延伸到单位的大门外面。

一定是传达室的老师傅干的,我忙走过去道谢。

"不是我,是一个老头儿,一大早的就扫到咱们单位门口了。问他名字,他怎么也不肯说。"

我跑到大门口,门口没有一个扫雪的人。我只看见,有一条清晰的路,通向我最熟悉的地方——我的家。从单位到我家,有将近一千米远。沿着这条路,我走到了家门口。

母亲看见我,愣了愣:"怎么回来了?"

"爸爸给我发了一张'请帖'。"我笑道。

"不是你给你爸下的请帖吗?怎么变成你爸给你下请帖?"母亲更加惊奇了,"你爸还会下请帖?"

父亲就站在院子里,他不回头也不搭腔,只是默默地、默默地掸着冬青树上的积雪。

我第一次发现,他的倔犟原来这么温柔。

从瞬间到永恒

父亲以他特别的方式与"我"和解,真挚感人又具有深深的"父亲特色"。一张请帖,浓缩了父亲多少爱意!

一生的欠条

◆文/佚　名

大学毕业那年，父亲求亲告友，在家乡小城给我找了份他认为蛮体面的工作，我却毫不犹豫地放弃了，决定到外面闯一闯。那晚，我和父亲深谈，描绘自己的理想抱负。父亲说我心比天高，母亲则在一旁抹眼泪，都苦口婆心地劝我留下。我却冥顽不化，非要"走出去"。

父亲终于问："你决定去哪里呢？"

我思虑半天，摇摇头。

父亲抽着劣质烟，良久，才一字一顿地说："儿大不由爹呀，你已经是成年人了，以后的路怎么走自己看着办吧。"

父亲同意了！那一刻，我为父亲无奈的妥协和"支持"而感激涕零，默默发誓，一定不让父母失望！

第二天一早，我收拾好简单的行囊，踌躇再三，还是硬着头皮向父亲索要路费。从小学到大学毕业，十几年里，我不知向父亲伸手要了多少次钱，但总觉得都是天经地义的，唯有这一次，我心里特别发虚。我劝自己说：这是最后一次向父亲伸手要钱！

于是，我怯怯地去找父亲，不想屋里屋外到处找都找不到。正在做早饭的母亲戚然地说："你父亲一早就到集镇上给你寻钱去了。出门在外，人地两生，没钱咋行。可咱家的情况你也知道，为了给你找工作，家底已掏空了。"母亲说着，皲裂的双手仍在冰凉的水盆里搓洗着红薯，眼圈红红的，有些浮肿。我不知道该如何抚慰母亲，只能木然地站着，心如刀绞。

父亲回来时已是半晌，身后还跟着一个人，原来是个粮贩。父亲要卖家中的麦子。那几年丰产不丰收，粮食贱得要命，父亲一直舍不得卖。可是那天，父亲一下子卖了几千斤，装了整整一个三轮车。

还没等我开口，父亲就把2000元卖粮款交到了我手里，我感激涕零，讷讷不能言。可出乎我意料的是，父亲竟然板着脸，冷冷地说："写个欠条，这钱是借给你的。你已经长大了，该自己负责自己了！"他语气果断，不容置疑。我目瞪口呆地看着父亲，像看一个陌生人，难以置信。可是父亲已经拿来了纸和笔，摊在桌上。父亲的不近人情，让我失望到了极点，内心五味杂陈。就要离家远走，父亲一句祝福和叮咛的话都没有，只让我留下一张冷冰冰的欠条！

恼恨、气愤一并涌上心头，我抓起笔，以最快的速度写下欠条，头也不回地走了，泪水流了满脸，但更憋着一股劲：一定要尽快赎回欠条，哪怕再难，让父亲看看儿子不是孬种！

我辗转到了省城。一天、两天、三天……我像一只无头苍蝇在这个城市里东闯西撞。人才市场、街头广告、报纸招聘，不放过任何一次希望。

一个星期后，凭着自己的一支笔，我在一家广告公司谋得了一份文案的工作。在工作之余，我没忘给自己充电，时有文章在省内外的报刊上发表。半年后，我又跳槽到了一家报社。这期间，我只应景式地往家里打了两次电话，每次都以工作忙为借口匆匆挂断，心里仍然对父亲满怀怨恨。

到报社发了第一笔工资后，我径自回了家。父亲对我的不期而归大感意外，一迭声问我在省城怎么样，坐啥车回来的，回来有急事吗……听得我心烦意乱。我冷冷敷衍着，同时郑重地掏出2000元钱，向父亲索要欠条。

父亲一愣，然后缓缓走到里间，打开箱子，从一本旧书里取出了那张崭新的欠条。没等我伸出手，父亲就当面把欠条撕了，又一把推开我的2000元钱，坐了下来。他抽着旱烟，有些伤感地说："当时让你写欠条，也是怕你年少轻狂，半途而废，逼着你往前走啊。你走时那种眼神，让我心里不好受到今天！要说欠的，2000元你以为就能还清吗？"

我脸红了。一张欠条就让我气愤难平，哪能体谅父亲的一片苦心？

"城里花销大，钱你留着。孩子给父母最好的回报，就是自个儿能自立自强，过上好日子！"

父亲说着，用粗黑的大手抹了抹眼角，让我陡然心酸。

我蹲下身去，把地上的小纸片捡了起来。我要把它重新粘好，随时带在身边，时刻铭记这张欠条里蕴涵的绵长的情意……

从瞬间到永恒

父亲开出的欠条，只是激励"我"前进的一个道具，当初"我"却不明白，那里究竟蕴涵多少父亲的爱意。

悠悠继父情

◆文/李燕凤　三　木

　　我无法记起生父的模样,因为在我刚满三岁的时候,生父就离开了人世。只是从母亲点点滴滴的回忆中,知道襁褓之中的我很幸福。

　　孤儿寡母的生活艰难异常。没有学历的母亲,只能靠仅有的宅前两亩自留地和外出打些零工养家糊口。生父去世三年后,母亲终于挺不住生活的艰难,经人介绍认识了个男人。那天,只见血红的晚霞中,母亲翻过那座山冈,背后跟着一个男人。虽然我还小,对男女之间的事不是很懂,但我明白母亲领回的这个男人,就是我的继父。自从继父到我家里后,母亲愁苦的脸上,渐渐有了笑容。日子还是很苦,但家总归有了些许温暖。

　　但不知怎的,到了上学年龄,继父就是不同意我上学,虽然母亲也说女孩子念了书还不是嫁人,看我哭得死去活来,就劝继父依了我吧。继父气呼呼地扔下三块钱,骂道:"看你小兔崽子能念出个啥名堂。"或许也正是从那一刻,内心对继父的"恨"也油然升起。还是生父好啊。

　　母亲仿佛猜透我心事似的,悄悄地对我说:"凤儿,莫怪你继父,其实他是个好人。他一生穷怕了,也苦怕了。"我就这样上了学,庆幸的是我学习成绩一直很好。继父和妈又连生了三个孩子,日子更苦了。后来继父又几次劝我退学。记得有一次,家里农活实在忙不开,继父竟跑到学校来,拉起我就走,我哭着喊着,吵闹声引来了老师,老师看着继父,动情地说:"老李呀,家穷我知道,但要是我有燕凤这样的好孩子,就是砸锅卖铁,我也要让她念下去,直到她考上大学。"继父听了愣了半天,最后说:

"老师，凤娃子当真有那么大的造化？"

"当真。"继父一句话也没说，转身就走了。晚上，继父蹲在门口，抽着旱烟，好半天对妈说："凤娃子要真有那么大的造化，她生父在天有知，一定会高兴的。"

上小学四年级时，我到离村子 7 里地的另一所小学念书，第一堂课，老师给我们这些苦孩子讲了她的故事，她本来也是个天分极高的孩子，只是由于父母双亡，才……讲时，她眼圈有一丝红，贫困农家的孩子，只有靠读书才能走出苦难生活。从此，我更加刻苦学习，第一名从未旁落他人。有一次，我穿着一条脏兮兮的短裤、赤着两只脚丫就走进了教室。老师没顾上跟我说句话，就将我推到一辆载沙的拖拉机上，说："你代表学校到镇里参加竞赛吧。"我一听自己是代表学校去考试，顿时浑身气昂昂地来了精神。可当我大步走进考场时，竟引来他校同学的哄堂大笑。竞赛的老师也生气了，拉着我就往外走，还以为我是个要饭的，后来我得了第一名，当那位老师到学校送奖品时，不无感触地说："真是穷人家的孩子早当家呀。"他抚摸着我的头说："李燕凤，人生的坎坷没有什么走不过去的，主要看你有没有一颗坚强的心。"

上中学不像小学那样简单，要到十多里外的镇上念，还要交一笔高额学费（实际上是几十块，但对于我家是个天文数字）。临开学时，继父手托下巴，半天无语，妈知道他的难处，就说："凤娃子，你也看到了我们这样的家庭，不如妈给你找个人家，过两年嫁过去，也就了了妈这份心。"妈说的是实话，但成亲以后怎么办呢？难道还走母亲的老路吗？我哭了。

继父瞅着我，心疼地说："凤娃子妈，就让她念吧。"母亲一听继父的话，不觉泪流了下来："念，念，但钱从哪出？"继父站了起来，清了清嗓子说："住村东头的李大炮，早就劝我跟他上矿上去。我一直没拿准，明天我就去。"

我和母亲都知道继父指的矿就是这几年在镇上兴起的小煤窑，虽然苦了点，累了点，但比种地收入高。母亲有一丝不放心，因为这一刻她又想起了前夫，况且小煤窑无论是工作环境，还是安全措施，都没有保障，万一出个三长两短……继父明白母亲的意思，用手抚摸着母亲的手，说："我会小心的。"

第二天，继父就上矿了，望着继父的背影，头一次我流下了眼泪，那一刻，退学的念头从我脑中晃过。我那天不知怎的，特伤心，哭得什么似的。晚上，继父回来，看见我红红的眼圈，心疼地说："凤娃子，我相信老师的眼力，只要爸有一口气，就不会让你退学。"我扑在继父的怀里，痛痛快快地叫了一声："爸！"就哽咽住了。这或许是继父与母亲结婚以后，我第一次发自心底的呼唤。

初中三年，我一直是班上的前两名，但家里的情况却每况愈下。初中毕业后，母亲背着继父对我说："凤娃子，我知道你是个有出息的孩子，但这些年妈承受的苦你是看见了，妈是不希望你再念下去了，但又不忍心耽误你的前程，孩子，这次你听妈的，若再想念，就报中专吧。"听了母亲的话，我哭了，但最后我还是狠下心考了高中。放榜时我考了个全镇第一名。母亲知道了，愣愣地坐在地上半天，随后像疯了似的，抓起扫帚就打我，我吓得撒腿就跑，母亲在后面猛追不放，而正在这个节骨眼儿，学校报喜的队伍走进了我家，母亲举过头顶的扫帚僵住了。当师生们弄明白是怎么回事时都哭了，校长很同情我，和母亲在屋里谈了很久，而在屋外的我仿佛正经历着一场生死抉择。半天，校长泪还未擦，就从屋里走了出来，轻轻地抚摸我的头说："李燕凤，你妈和你继父太不容易了。"听了这话，不知怎的，我蹲在地上号啕痛哭，送喜报的师生就这样跟着校长悄然走了。

由于初中校长的努力，高中三年，所有的学费和杂费都免了，但我的学仍念得非常吃力，家里的境况也一点未变，况且随着年岁的增长，母亲的病也愈来愈多，但母亲怕影响我学习，不让弟妹告诉我。到了高三，我由于长期营养不良，身体开始顶不住了，经常头晕目眩，好心的班主任和同学就经常给我带些好吃的，我内心的温暖不是常人所能体会到的。

紧张的高考复习进入最后阶段时，别的同学们忙着让家长买营养品，我却只能吃两顿饭。即使这样，我的钱也已告罄。正在我又一次陷入"经济危机"时，继父从村子里托人给我捎来一包东西和四十元钱。我激动得哭了，我知道如果家里有五十，继父绝不会只拿四十的，想到这一刻，心里不觉泛起酸涩的感觉，我顺手伸进继父托人捎来的东西，一摸，是鸡蛋，整整六颗，而离高考正好也是六天。我的眼泪不觉滚滚而下。

"凤娃子，你考上了。"山道弯弯，继父一路欢歌一路跑，他仿佛比我还高兴，母亲也笑得好甜。然而笑过之后，面对录取通知书上要交的学费时，继父和母亲都沉默了。半天，继父说："凤娃子，去吧，念了书，就会有出息，再挺四年，爸也就熬出头了。"面对我和母亲的惊愕，继父接着说："我没攒下什么钱，这钱是我刚刚从矿主那儿借来的，本来就准备给你念大学用。"

走的那天，继父没送我，他说矿主不给假，他得加班多干点活，为早一点还完矿主的债！父亲早上临出门时，朝我重重地看了一眼，说："以后就看你了，爸这一辈子只能给人做牛做马，可也没养活好一家人。"继父感慨万千地走了，我的心却从未有过的难过，像什么堵在心窝。那时，母亲病魔缠身，已经好长一段时间起不来，在我离开家准备上学时，母亲只有流不尽的眼泪和一双颤抖不止的手在拍打炕沿……

大弟一直送我到大路汽车站，说："姐，我不送你了，别忘了给家写信，爸虽然不是你的亲爸，但实际上爸最挂念你。"

我哽咽了……

两个月后！我收到大弟来的第一封信，他说：我走那天，小煤矿崩塌了，继父被活活地埋在井下，母亲本来就有病，经这么一打击，半个月前，也……

信没看完,我就晕了过去。

我知道以后的大学生活,只有靠自己了,直到今天,当鲜红的大学毕业证书呈现在我的面前时,我仿佛还看见继父用鲜血换来的四千元学费。

继父,如果你九泉下有知,女儿,终没让你失望。

在"我"最困难、无助的时候,总是继父将"我"扶起,带"我"走出灰暗,走近梦想。继父若地下有知,定能为他的女儿感到骄傲。

母亲时刻在准备的选择

◆文/方冠晴

一天早晨,城西老街一幢居民楼起了火。这房子建于20世纪40年代,砖木结构——木楼梯、木门窗、木地板,一烧就着。顷刻间整幢楼烧成一片火海。

居民们纷纷往外逃命,才逃出一半人时,木质楼梯就"轰"的一声被烧塌了。楼上还有9个人没来得及逃出来。下楼的通道没有了,在烈火和浓烟的淫威下,这些人只有跑向这幢楼的最顶层——四楼,这也是目前唯一没被大火烧着的地方。

9个人挤在四楼的护栏边向下呼救。消防队赶来了,但让消防队员束手无策的是,这片老住宅区巷子太窄小,消防车和云梯车都开不进去,灭火工作一时受阻。

眼看大火一点一点地向四楼蔓延,消防队长当机立断:先救出被困的居民!没有云梯车,他只有命令消防队员带着绳子攀壁上楼,打算让他们用绳子将被困的人一个一个吊下来。

两个消防队员向楼上攀爬,但才爬到二楼,他们借以攀抓的木椽就烧断了,两个人双双掉了下来。没有了木椽,就没有了附着点,徒手是很难爬上去的。而就在这时,底层用以支撑整幢楼的粗木柱被烧得"咯吱咯吱"响,只要木柱一断,整幢楼就有倾塌的危险。

什么样的救援都来不及了,现在被困的人唯一能做的就是自己救自己了。

没有时间去准备,消防队长只有随手抓过逃出来的一个居民披在身上的旧毛毯,摊开,让手下几个人拉着,然后大声地冲楼上喊:"跳!一个一个地往下跳,往毛毯上跳!背部着地!"为了安全起见,他亲自示范,做着类似于背跃式跳高的动作。只有背部着地,才是最安全的,而且毛毯太旧,背部着地受力面大些,毛毯才不容易被撞破。

站在四楼护栏最前面的是一位体态发福的妇女,她把自己裹得严严实实,更显得臃肿不堪。

无论队长怎么喊叫,她就是不敢跳,一直犹豫着。她不跳,后面的人就没法跳,而每耽搁一秒,危险就增大一分,楼下的人急得直跺脚,只得冲楼上喊:"你不敢跳就先让别人跳,看看别人是怎么跳的!"

那位妇女让开了。一个男人来到了护栏边,在众人的鼓励下,他跳了下来,动作没有队长示范的那么规范,但总算是屁股着地,落在毛毯上,毫发无伤。队长再次示范,提醒大家跳的方式。接着,第二个人跳下来了,动作规范了许多,安全落地。第三个、第四个……第八个,被困的人相继跳了下来,动作一个比一个到位,都是背部着地,落在毛毯上,什么事也没有。

楼上只剩下一个人了,就是那个穿大衣的女人,可她仍在犹豫。楼下的人快急疯了,拼命地催促她。终于,她下定了决心,跨过护栏,弯下腰来,头朝下,摆了个跳水运动员跳水的姿势。

队长吓了一跳,这样跳下来还能活吗?他吼了起来:"背朝下!"但那女人毫不理会,头朝下,笔直地坠了下来。所有人的心都提到了嗓子眼,只见她像一发炮弹笔直地撞向毯子,由于受力面太小的缘故,毯子不堪撞击,"嘶"地一声破了,她的头穿过毯子,撞到了地面上。"怎么这么笨啊!前面有那么多人跳了,你学也应该学会了嘛!"队长慌忙奔了过去,他看到,那女人头上鲜血淋漓,已是气息奄奄。

女人的脸上却露出了苍白的一点笑意,她抚了抚自己的肚子,有气无力地说:"我只有这样跳,才不会——伤到我的——孩子。"

队长这才看到,这女人,是个孕妇。

女人断断续续地说:"如果我不行了,让医生取出我肚子里的……孩子,已经……七个月了……我没……伤着他,能活……"所有的人顿时动容,人们这才明白,这女人为什么犹豫,为什么选择这么笨的逃生方式。她犹豫,是因为她不知道怎样跳才不会伤到孩子。选择头朝下的方式跳下来,对她来说,最危险,而对她肚子里的孩子来说,最安全!

忽然想起了丰子恺《护生画集》里面的一幅:有人烹煮黄鳝,发现黄鳝熟了以后头尾弯成弓型,中部翘在滚水外。剖开来看,发现里面密密麻麻全是鱼子,原来所有的母亲都是一样的,把最危险的留给自己,把最安全的交给孩子,这就是天底下的母亲时刻在做或者准备做的选择。

从这个妇女头着地落下的那一刻开始,所有的人都重新认识了这位母亲——生命,只为肚中的孩子!

今夜，我想再喊一声"娘"

◆文/佚　名

独步冷清的夜街，淋着稀疏的淫雨，落叶固执地飘零在身后，如昏暗的灯光拖长了我的影子，沉重的思绪久久不能散去。

这是一个可怜又落寞的夜晚。母亲的影子若有若无地跟着我，随我沉思，随我飘浮，随我入梦。总认为时间的推移会让一些事情淡忘，但是，在母亲去世九年后的今天，她的音容笑貌倒越发清晰，血浓于水的情感是不可能忘怀的，秋风吹走的是尘埃，秋雨滋润的是心田，原来，母亲一直活在我的心里。

面对漫布的黑暗，似乎面对母亲对生命的渴望；凝望摇曳的灯光，似在默读她生活的篇章。想起与她相处的年年岁岁，我禁不住浮想联翩，心潮澎湃。此时，我真想，真想——手捧苍天，双膝跪地，对着远方真真切切地喊一声"娘，我的亲娘"。

母亲离我而去整整九个年头了。这些年来，一直想写点有关母亲的文字，却发现是散乱又困难的。很多辛酸生活的点滴中，她好像是苦难的化身，又好像是菩萨再世，哪一件事都可以写，又都是那样的简单。可每每下笔，有关她的情感一股脑儿地窜出来，想整理一个头绪都难。

"别跟我谈命，也别谈什么苦难，为家、为孩子活着是我的乐趣，与天斗，与地斗，不如跟自己斗，生活靠自己去创造。"这是母亲很早以前的话，也是生活的哲理，受她的影响，我也养成了类似她的个性。

应该说，母亲的童年没有故事，是在姥姥的怀抱中长大的。她刚刚出生几个月，在抗联当营长的姥爷夜袭鬼子据点，胸口中了鬼子的枪，倒在了秋雨中,连句话也没有留下。姥姥带着两个孩子东躲西藏过日子,连顿饱饭都吃不上,早早地累垮了身体,等到把大姨嫁出去,给不满16岁的母亲订了婚,就撒手找姥爷去了。

从外地归家的大姨坐在我们面前,含着眼泪说着与母亲的过去时,正是深秋时分的傍晚,母亲边听着大姨说话边麻利地搓着玉米棒。大姨吸鼻子的声音让母亲抬头看了一眼,拢了拢前额散乱的头发,叹一口气,扫一眼我们兄妹几个,低头又搓起了玉米。

大姨看了母亲一眼,擦了擦眼睛,看了看像小鸟等待喂食排在一起的兄弟三人,带着长者的口气继续说着:"你们爸爸是个书呆子,你娘进了家门,他就在外地工作,一年才回家一回。家里的三个老人、四个孩子以及地里的活都是你娘一个人忙里忙外,没有享过一天的福,真让她受罪了!你们兄弟几个一定得听话,好好学习,不能惹你娘生气。"

大姨说着话,在屋里玩耍,才五岁的妹妹"哇"地哭了起来,大姨刚要起身,母亲发话了:"老大,你快去看看妹妹是不是尿裤子了;老二,你坐到我身边来,边干活边听大姨说话;老三,你别捣乱,到外面玩会儿去吧。"母亲看看大姨苦涩地笑了笑说:"姐姐,那些伤心事就别提了,日子总得过不是?"

大姨沉着脸,照母亲的样子卷了纸烟点上,没有再说话,蹲下身子帮母亲搓起了玉米,妹妹被哥哥抱到外面去了。

其实,这些话大姨没有必要跟我们说,她是采取另一种方式安慰母亲。

这些烙在我们记忆中的碎片是不需要用语言表达的,生活的多灾多难早已把母亲的心磨平,她的命运一直与苦难相连。

大姨没有再说爸爸的事,也不敢说了,因为母亲脆弱的心再也无法承受,这一天是爸爸刚刚去世后的第五天。

四个孩子,三男一女,大的十五岁,小的五岁,还有一个近八十岁的老人,没有了男人的天空,等于失去了整个世界,又让一个女人如何承受?

　　那时的母亲沉默寡言,出奇地平静,平静得有点让人害怕。其实,每个人都知道,她那颗看似平静的心里,藏着难以忍受的苦楚与挂牵;一脸看似平淡的笑容里,记录着无奈的沧桑与辛酸。

　　夜里,妹妹依偎在大姨的怀里睡着了,母亲则像千百个夜晚一样,半个屁股倚在炕沿斜靠着桌子角,一针一线缝补我们穿过的衣裳。大的改成小的,小的改成背心,一直是我们兄弟穿衣的传统,尽管打了不少的补丁,但是我们兄妹的衣服从里到外都是干干净净。奶奶挪动着小脚悄悄往门缝里瞧了瞧,抹抹浑浊的泪水回到自己的房间。白发人送黑发人,失子之痛已令老人痛不欲生,可是在奶奶的心中,母亲的痛苦远远胜过自己。爸爸走后,儿媳就是家中的顶梁柱,如果儿媳真有个三长两短,自己好说,剩下的孩子还有什么指望可言? 在她的心中,与她相依为命十几年的儿媳,不但胜过了闺女,比儿子也要亲几分呀! 在苦难中凝聚的亲情,早已超越了骨血之情,也超越了生命的本身。

　　生活的重担无情地压在了身体单薄的母亲身上,可生性刚强的她并没有被压垮,她用她瘦小的肩膀、自强不息的信念支撑着这个家,支撑着这个快要支离破碎的家。

　　初冬时分,借爸爸人情的余温,东挪西凑借钱,屈膝弯腰求人,八间新房盖起来了,终于有了老人居住的天地,也给了儿子们一个生活的空间。

　　房子上梁的那个飘着雪花的中午,母亲把颤颤悠悠的奶奶扶到了房子前面,哥哥、我和弟弟站在母亲的身后,"噼里啪啦"的鞭炮声在房梁上响起,母亲拉着奶奶的手笑了。一朵朵的雪花飘飘扬扬地落在母亲的身上,落在新添的白发上,缓缓化了,如春雨般融进了母亲的心里。调皮的小妹抓起房顶上扔下的喜糖,皮也没有剥开就迫不及待地塞进了母亲的嘴里,母亲扬起头有滋有味地尝了尝味道,又低下头吐到了小妹的嘴里,乐得小妹又蹦又跳。

奶奶哆嗦着双手,端起敬灶神的八宝粥,吹了吹粥上的纸灰,送到母亲面前,用命令的口气说:"孩子他娘,你喝了吧,这是咱家的香火呀!"

母亲在乡亲们的注视下,浅浅地喝了一口,又双手捧给奶奶说:"娘,您受的苦比我还多,您就喝了吧,只要您身体好好的。"

奶奶知道母亲的脾气,无奈地接过来,把头扭过去擦了擦眼,递给了哥哥,哥哥望着奶奶和母亲摇摇头递给我,我又不知所措地递给弟弟,弟弟端着粥呆呆地愣在院中央。

雪花飘得更密了,遮住了整个大地,周围传出了稀疏的哭声,前来帮忙的乡亲们也被感动了。

岁月给善良的人们涂抹了苦涩,也给真爱的人们增添了感动,真善美是生命真诚的赞歌,而这赞歌之源,就是我的母亲。在苦难中挣扎的她用心唱出的歌,是生命之歌,是锲而不舍的乐观精神。

很长的一段时间,我们都依赖母亲活着,就像河里的鱼离不开水一样。早上,天还没有放亮,她就准备好了我们上学的早饭,早早地下地去了;晚上,满身疲惫的她扔下手中的工具,又点火做饭,柴火的烟弥漫了整个家,而笑声渐渐明朗。母亲像个陀螺,在亲人之间不停地运转,从没有听到过她的叹息与怨言。

我上高中住校,妈妈一次给我带一周的饭,一次蒸一锅掺了白面的窝窝头,全放到口袋里让我拿走;到小河沟里捞几条小鱼与咸菜一起炖好,给我装到瓶子里,味道出奇的鲜美,把同班同学的馋虫都勾了起来。可在很久后,我才知道母亲的日子比我想象得更加艰苦!

麦收后的一个中午,我回家拿课本,正碰上母亲与奶奶争夺饭碗的一幕。

"孩子他娘，你不能吃这些东西了，天天干活太累，身体受不了。"奶奶抓着母亲吃饭的碗，口气中透着关爱。

"娘，你就别管了，卖了这次粮，我们家的债就差不多还清了，我喜欢吃这种味，别让您和孩子受委屈就行。"母亲趁奶奶不注意，夺下碗蹲在地上吃起来。

"你吃我也吃。"奶奶赌气地抓起另一个碗从锅里盛出了一碗榆钱儿菜，坐在门槛上也吃了起来。

"娘……"母亲欲言又止。

"再苦也不能把身子累坏，这个家没有你不行，孩子长大了，不用愁了……"奶奶的牙都没有了，说话也咬不清。

"嗯，娘，好日子在等着我们呢。"

站在窗外的我，再也控制不住自己，与母亲紧紧抱在一起。

生活的路漫长而艰难，在这条路上，母亲一直拉着我们的手，不屈地前行，直至让我们走出了一条属于我们自己的路。

几年过去了，她的孩子们逐渐走出了她的视线，哥哥结婚了，我走得离她最远。母亲的腰板弯了，头发几乎全白，应该说，她享清福的时候到了。可是，天有不测风云，在我离开家乡不到两年，她意外地得了不治之症。

我不知道天性乐观的母亲是如何知道自己得了病，也不知道为了让我好好工作，如何让哥哥隐瞒自己的病情，毅然走向了手术台。从苦难撑过来的母亲有着超乎寻常的生命力，手术后第八天就谈笑风生地回家了。其实，多年后，我跟哥哥才知道，母亲私下里曾求过医生，她不想住院，不想花太多的钱，更不想让儿子们跟着自己受累，这又是何等的高尚呀！当我从部队载誉归来，跪在母亲的床前，任她那枯瘦如柴的手抚摸我的头发时，眼泪刷刷地流个不停。作为儿子，作为一个只知道索取不知道心痛与体恤母亲的儿子，我欠她的太多了，这辈子想补也补不上了。

母亲去世的那天早上,我做了一个梦:一个星光灿烂的夜晚,母亲坐在椅子上,牵着我的手,我的眼睛寻着她指的方向辨别北斗星,一只只蝴蝶环绕在身边,抬起我和母亲向北飞行,渐渐消失。醒来的时候,我的右眼皮重重地跳了一下,哥哥的电话来了。他哭着说:"娘想见你,快点回来吧。"

秋雨打湿了我的眼睛,秋风吹走了我的希望,等我心急如焚赶到家中时,母亲已安静地闭上眼睛,哥哥说,母亲走的时候,轻轻地喊了两声你的小名。

送别母亲的时候,我没有哭。当纸钱燃尽、墓碑立起时,我双膝跪在乡村泥泞的土地上,久久没有动,趴在地上听着母亲的呼喊声。

我听到了,其实,我早就听到了,现在还仍然记得。她说:"儿呀,挺起腰板做人吧,母亲在远方会保佑你的。"

这么多年,我一直沿着母亲铺就的路走着,义无反顾,以慰她的在天之灵。

今夜,秋雨纷纷,内心深处的思念情结一层层一束束积聚,把我从沉睡中唤醒,让我用心灵、用生命呼唤着她,踏踏实实响响亮亮地喊了一声"娘",借此纪念逝去九年的母亲,也平静自己浮躁的心。

从瞬间到永恒

真善美是生命真诚的赞歌,而这赞歌之源,就是"我"的母亲。"我"的回忆和感念在那无法孝敬母亲的遗憾中愈发苍白,若母亲听得到,愿她懂得"我"的一颗无处安放的心。

父爱昼无眠

◆文/佚 名

父亲最近总是委靡不振,大白天躺在床上鼾声如雷,新买的房子音响一般把他的声音"扩"得气壮山河,很是影响我的睡眠——我是一名昼伏夜"出"的自由撰稿人,并且患有神经衰弱的职业病。我提出要带父亲去医院看看,他这个年龄嗜睡,没准就是老年痴呆症的前兆。父亲不肯,说他没病。再三动员失败后,我有点恼火地说:"那您能不能不打鼾,我多少天没睡过安生觉了!"一言既出,顿觉野蛮和"忤逆",我怎么能用这种口气跟父亲说话?父亲的脸在那一刻像遭了寒霜的柿子,红得即将"破裂",但也终于什么也没说。

第二天,我睡到下午4点才醒来。难得如此"一气呵成",突然想起父亲的鼾声,推开他的房门,原来他不在。不定到哪儿玩小麻将去了,我一直鼓励他出去多交朋友。这样很好。看来,虽然我的话冲撞了父亲,但他还是理解我的。父亲在农村穷了一辈子,我把他接到城里来和我一起生活,没让他为柴米油盐操过一点心。为买房子,我欠了一屁股债,这不都得靠我拼死拼活写文章挣稿费慢慢还吗?我还不到30岁,头发就开始"落英缤纷",这都是用脑过度,睡眠不足造成的。我容易吗?作为儿子,我唯一的要求就是让他给我一个安静的白天,养精蓄锐。我觉得这并不过分。

父亲每天按时回来给我做饭,吃完后让我好好睡,就又出去了。有一天,我随口问父亲,最近在干啥呢?父亲一愣,支吾着说,没,没干啥。

我突然发现父亲的皮肤比原先白了，人却瘦了许多。我夹些肉放进父亲碗里，让他注意加强营养。父亲说，他是"贴骨膘"，身体棒着呢。

转眼到了年底。我应邀为一个朋友所在的厂子写专访，对方请我吃晚饭。由于该厂离我住处较远，他们用专车来接我。饭毕，他们让我随他们到附近的浴室洗澡。雾气缭绕的浴池边，一个擦背工正在一具肥硕的躯体上刚柔并济地运作。与雪域高原般的浴客相比，擦背工更像一只瘦弱的虾米。就在他结束了所有程序，转过身来随那名浴客去更衣室领取报酬时，我们的目光相遇了。"爸爸!"我失声叫了出来。

惊得所有浴客把目光投向我们父子，包括我的朋友。父亲的脸被热气蒸得浮肿而失真，他红着脸嗫嚅道："原想跑远点儿，不想让你碰见怕丢你的脸，哪料到这么巧……"

朋友惊讶地问："这真是你的父亲吗?"

我说是。我回答的那样响亮，因为我没有一刻比现在更理解父亲，感激父亲，敬重父亲并抱愧于父亲。我明白了父亲为何在白天睡觉了，他与我一样昼伏夜出。可我竟未留意父亲的房间没有鼾声!

我随父亲来到更衣室。父亲从那个浴客手里接过三块钱，喜滋滋地告诉我，这里是闹市区，浴室整夜开放，生意很好，他已挣了一千多块了，"我想帮你早点把房债还上"。在一旁递毛巾的老大爷对我说："你就是小尤啊? 你爸为让你写好文章睡好觉，白天就在这些客座上躺一躺，唉，都是为儿为女哟……"父亲把眼一瞪："好你个老李头，要你瞎说个啥?"

我心情沉重地回到浴池。父亲追了进来，父亲问："孩子，想啥呢?"我说："让我为您擦一次背……"

"好吧。咱爷俩互相擦擦，你小时候经常帮我擦背呢。"

父亲以享受的表情躺了下来，我的双手朝圣般拂过父亲条条隆起的胸骨，犹如走过一道道爱的山冈。

从瞬间到永恒

在浴室中依稀可辨的父亲的脸,是"我"一辈子的骄傲和牵挂。

父爱深处有片海

◆文/佚　名

我从海边回到"金海岸"小屋的时候,已经是下午5点多钟。我是从海边回来的最后一拨人,其实昨天我就可以回来的,要不是为了多拍几张"海韵"图片,回去让我还没见过海的学生们长长眼,我才不会在这海边多待一会儿呢。从前天开始,广播、电视、报纸等媒体就发布消息,大后天将会有台风登陆。昨天就有大半游玩的人返回了市区,今天只剩下小半游人,而且所有剩下的游人都手忙脚乱地在"金海岸"小屋收拾着行李,准备马上离开。

"金海岸"小屋是个前后左右上下六面都用厚铁皮包成的小屋子,只在朝海的那面开了个小门。这也许是经历风暴者对小屋的最佳设计吧。小屋里有些简单的生活设施,可以供人们将就用着。这小屋挺有特色,前天我专门为它拍了几张特写照片呢。这小屋离海边最近,到海边游玩的人们常在这儿歇会儿脚。说它最近,其实走到海边也是要一个多小时的。

天,总是阴沉着脸,像要随时发怒似的。要不是"金海岸"的小老板放着一台收音机,这"金海岸"早就没有了一丝活力。要在旅游旺季,"金海岸"屋里屋外人山人海,比繁华的市区也毫不逊色。

"这铁板做成的'金海岸'也不是'金海岸'了,大家快收拾东西到市中心,躲进厚实的宾馆里去吧。"那小老板不停地大声叫着。

人们各自收着东西,少有人说话。我的东西很少,早已收拾停当。忽然,我看见两个人,他们是父子,父亲有40岁的样子,儿子不过10来岁。父子俩一动不动,孩子无力地倚在大人身边。父亲提着个纸袋子,好像只有一条毛巾和一个瓶子。可是,他们一点也不惊慌,仿佛明天就要到来的台风与他们毫无关系。

"父子俩吧?"我走过去,搭了搭腔,那父亲模样的人点了点头,算是回答。

"收拾收拾,我们一起走吧。"我是耐不住寂寞的一个人,又说。

父子俩没有做声,40岁的父亲对我笑了笑,却没有回答。我想他们是对我还有一种戒备心理吧。

"您说,明天真的有台风?"一会儿,倒是那父亲盯着我问。我重重地点了点头。他的脸上爬上了失望的神色。

还有1个多小时公共汽车才来接我们回市区,人们都拿出早就准备好的食物来对付早已咕咕叫的肚子。我也拿出了我的食物,一只全鸡,一袋饼干,两罐啤酒。

"一起吃吧。"我对他们两人说。

"不了。吃过了。"那父亲说,说着扬了扬他那纸袋子里的瓶子,是一瓶榨菜,吃得还有一小半。

我开始吃鸡腿,那父亲转过头去看远处的人们,儿子的喉结却开始不停地蠕动,吞着唾沫。我这才仔细地看看孩子,瘦,瘦得皮包骨头一样,偎在父亲身旁,远看就像只猴子。我知道孩子肯定是饿了,撕过一只鸡腿,递给了孩子。父亲忙转过脸来对我说了声谢谢,我又递过一只鸡翅给那父亲,父亲这才不好意思地接在手里。等到儿子吃完了鸡腿,父亲又将鸡翅递给

儿子。儿子没有说话,接过鸡翅往父亲嘴里送。父亲舔了下,算是吃了

一口,儿子这才放心地去吃。

我忙又递给孩子父亲几块饼干,说:"吃吧,不吃身体会垮掉的。"父亲这才把饼干放进嘴里,满怀感激地看着我,开口了,又问:"您说,明天真的会有台风?""是的呀,从前天开始,广播、电视和报纸都在说,你不知道?"我说。父亲不再做声了,脸上失望的阴云更浓了。

"你不想返回去了?"我问。

父亲长长地叹了一口气,说:"还怎么能回去呀?"他的眼角,有几颗清泪溢出。

"怎么了?"

"孩子最喜欢海,孩子要看海呀。"他拭去了眼角的泪,生怕我看见似的。

"这有什么问题,以后还可以来的。"我安慰说。

"您不知道,"父亲对我说,"这孩子今年 16 岁了,看上去只有 10 岁吧,他就是 10 岁那年检查出来得了白血病的。6 年了,前两年我和他妈妈还四处借钱为他化疗,维持孩子的生命。可是,一个乡下人,又有多大的来路呢,该借的地方都借了,再也借不到钱了,只能让孩子就这样拖着。前年,他妈妈说出去打工挣钱为他治疗,可到现在倒没有了下落。孩子就这样跟着我,我和他都知道,我们在一起的时日不会很长了。孩子就对我说:'爸,我想去看看大海。'父子的心是相连的。我感觉,孩子也就在这两天离开我,我卖掉了家里的最后一点东西,凑了点路费,坐火车来到这座城市,又到了这海边小屋子,眼看就能看到海,满足孩子的心愿了,可是,可是……"父亲哭了起来,声音低沉。

"不管怎样,还是先返回去再说吧。"我劝道。

"不,我一定要让孩子看到海。"父亲坚定地说。

接游客的汽车来了,游人们争着上了汽车。我忙着去拉父子俩,父亲口里连声说着谢谢,却紧紧搂着儿子,一动不动。但是我不得不走。

我递给那父亲300元钱后,在汽车开动的刹那我也上了汽车。因为我想也许还有一班车,他们还能坐那班车返回。到了市区,我问起司机,司机说这就是最后一班车了。我后悔起来,真该强迫父子俩上车返回的。但又想起父亲脸上的神情,我想那也是徒劳。给了300元钱,似乎心安理得了些,但那300元钱对于他们又有什么用呢?

当晚,我在宾馆的房间里坐卧不安,看着电视,我唯有祈祷:明天的风暴迟些来吧。

然而,水火总是无情的。第二天,风暴如期而至,听着房间外呼啸的风声,夹杂着树木的倒地声,我心里冷得厉害,总是惦着那父子俩。

台风过后,我要回到我的小城去上班了。回城之前,我查询到了"金海岸"小屋的电话号码,我想知道那父子俩到底怎么样了。到下午的时候,电话才接通。"金海岸"的小老板还记得我,我问起那父子,小老板说:"我也是刚回到小屋,那父亲我前一会儿还看见了的。"我的心放松了些。他又说:"听那父亲说,风暴来的当天,父子俩还是去了海边,幸好及时地返回了我的'金海岸'小屋。我的天啦,这次的海水如果再暴涨一点,淹没我的小屋,那他还有命吗? 就在台风来的时候,那瘦瘦的孩子永远地闭上了眼睛,躺在父亲的怀里,脸上漾着幸福的笑容……"我拿着电话,怔怔地站着。窗外,云淡天高,暴风雨洗礼之后的天空竟是如此的美丽!

从瞬间到永恒

为了孩子的愿望,父亲没有离开即将遭遇台风的海边。当湛蓝的海水汹涌而来,我们却看到脸上漾着幸福的一对父子……

弥留之际的父爱

◆文/佚 名

父亲节这天,一家电视台正在制作综艺节目。谈到为人父母这个话题时,主持人灵机一动,当即炮制了一个题外花絮:请三位已做了父亲的男嘉宾谈谈做父亲的感受,并且谈谈自己的父亲。

巧合的是,三位嘉宾的父亲都已经谢世了。主持人说:"过世了也没关系,谈谈对父亲印象最深的一件事也行啊。"

"我的父亲,他是个乐观、开朗、充满慈爱的人。"第一位嘉宾开口了,"他一生都在为我们的事操心。只是到了老年,却反过来让我们操心了。"

主持人问他:"你的父亲,是不是他生病了?"

"是的,而且是那种好不了又坏不了的慢性病,拖了全家人整整六年,我们兄弟三个轮流看管,一家大小的神经几乎都快崩溃了。"

主持人点点头:"可以理解,久病床前无孝子嘛。遇到了这样的事,的确是一个家庭的不幸。"

"问题是,就在临终前的那几天,他还在给疲惫不堪的家人出难题,说他要吃活带鱼。"

主持人有些意外:"这就是父亲给你印象最深的一件事?"

"是呀!你不明白,那些日子,全家人真的是给累得麻木了!到父亲去世的那一刻,我们已经连一点悲伤的感觉也没有了。"

第二位嘉宾插话了:"奇怪,我的遭遇怎么跟你的差不多啊?我父亲是位残疾军人,平时对我和姐姐十分疼爱。去世前的那段时光,老人家忽然变得有些不可理喻。不是今天骂这个不孝，就是明天说那个不好，就好像我们欠了他很多似的。"

第三位一直听着的男嘉宾站了起来："我父亲去世前坚持要把所有财产捐给希望工程，当时我们就觉得不可理喻，治病花了那么多钱，我们多困难呀，而他却要拿着这一点钱去图虚荣！留遗嘱那天，我们再一次吵了起来，父亲很冲动，当着大家的面打我，我赌气走了。结果，父亲当晚就去世了，我连他的最后一面也没见到。"说到这里，第三位嘉宾一脸的后悔："其实，父亲早就立好了遗嘱，财产也进行了合理的分配。不知为什么，那些天他为何发那样大的火。我猜，这恐怕是老人们去世之前的一种变态心理吧。"

"你们的父亲，是个爱生活的人吗？"主持人提了这样一个问题。

"是呀！"三位嘉宾几乎异口同声地说出来，"他是个音乐教授。""他生前是个超级'驴友'。""他有好多的朋友，生病那些天，天天都有人给他送花。"

主持人接着问："那，父亲爱你们吗？"

"当然爱！"

主持人若有所思地说："我有一种感觉，不知正不正确？一直到弥留之际，你们的父亲其实都很清醒。他们爱生活，爱孩子，内心充满了对身边世界和亲人的留恋。当他们知道生命离去的脚步已经无法挽留时，唯一的想法，就是希望在临走之前，少给你们留下一点失去亲人的痛苦。于是他们就采取了有意磨人的办法，让你们在麻木中，平淡而安心地陪他走完人生的最后一程……"

主持人说到这里，忽然意识到整个演播大厅出奇地寂静。他发现，三位男嘉宾早已听得泪流满面。他仿佛看见，那些躺在病榻上的、面容憔悴的老父亲，正强抑着内心的痛苦，用一种违心的方式，为子女们表达最后一份特殊的父爱……

从瞬间到永恒

　　父亲用他特有的方式，在弥留之际还在为子女们着想，此情，实为人间挚爱。

父爱的高度

◆文/佚 名

好多年都没有看过露天电影了。

记得小时候，家在农村，那时电视、碟机这类玩意在乡下压根就没见过，更别说是享用了。所以要是逢有哪个村子放电影，周围十里八村的人就都赶着去，在那露天地里，黑压压的一片，煞是壮观。

那时父亲还年轻，也是个电影迷。每遇此等好事，就蹬着他那辆已不可能再永久下去的老"永久"自行车，带着我摸黑去赶热闹。

到了电影场，父亲把车子在身边一撑，就远远地站在人群后边。我那时还没有别人坐的板凳腿高，父亲就每每把我架在他的脖梗上，直至电影结束才放下。记得有一次看电影，我骑在父亲的脖子上睡着了，竟尿了父亲一身，父亲拍拍我的屁股蛋子，笑着说："嗨！嗨！醒醒，都'水漫金山'了！"

一晃好多年过去了，我已长得比父亲还高，在人多的地方，再也不用靠父亲的肩头撑高了。春节回家，听说邻村有人结婚，晚上放电影，儿时的几个玩伴就邀我一同去凑热闹。我对父亲说："爸，我去看电影了。"

父亲说："去就去么，还说什么，又不是小孩子了！"

"你不去？"

"你自个儿去吧，我都六十几的人了，凑什么热闹！"

来到电影场，人不算多，找个位置站定。过了不大一会儿，身边来了一对父子，小孩直嚷嚷自己看不见，如多年前父亲的动作一样，那位父亲一边说着"这里谁也没你的位置好"，一边托孩子骑在了自己脖子上，孩子在高处咯咯地笑着。

我不知怎么搞的，眼睛一下子就湿润了。这么多年了，我一直在寻找一个能准确代表父爱的动作，眼前这一幕不就是我找寻的结果吗？

想起了许多往事，再也无心看电影，独自回家。

敲门。父母已睡了，父亲披着上衣来开门，"怎么这么早就回来了，电影不好？"

看着昏黄灯光里父亲花白的头发和那已明显驼下去的脊背，我的泪一下子涌了出来，什么也没回答，只是把自己身上那件刚才出门时父亲给披上的大衣又披到了他单薄的身上。

是啊，父亲一生都在为儿子做着基石，把儿子使劲向最理想的高度托，托着托着，不知不觉间自己就累弯了，老了。

我知道，这一生，无论我人生的坐标有多高，都高不出那份父爱的高度，虽然它是无形的，可我心中有把尺啊！

坐在父亲的肩头，世界因此而精彩。这是父亲赐予"我"的精彩，也是父亲赐予"我"的高度。

父子情书

◆文/佚 名

他是一个父亲，却是一个近乎绝望的父亲——先后生了8个孩子都不幸夭折，最大的也只带到8个月。

13年前，第9个孩子的诞生给他和妻子带来一丝希望，然而孩子被查出患有心脏病并住进了医院。

为了不用掉孩子少得可怜的医药费，父亲在孩子枕头下藏了145块4毛钱后，"丢"下孩子偷偷回了家。他给儿子留了这样一封信——

如果第一个孩子在世的话，今年已经22岁了。然而他生下来一个多月就去了，原因是发烧没有得到及时治疗。第二年，第二个孩子出生了。为了让孩子不发生意外，我拼命地去做小工，只想让妻子和孩子吃上鸡蛋。然而第二个孩子也没了。接下来，我们的第三个、第四个……一连8个孩子都夭折了，最大的只活了8个月。

1992年10月，你的降生给这个家带来一丝希望。我们给你取名叫"谭树清"，抱着5斤来重的你，我告诉自己，再苦再累，我也要把你养得白白胖胖的。我感觉自己在数日子，也是在数着我们家唯一的希望。

1999年的一天，你开始感冒，经常发烧。上天没有可怜我们两口子，你被查出患有先天性心脏病，你妈妈一下晕倒在地。

再也没有忍住，我号啕大哭，我不知道命运为什么总是捉弄我。擦干泪，我开始四处借钱，弄得别人一看见我就跑。借不到钱我就去讨。我们筹到了两万元，让你做了手术，你的病情开始稳定，我又觉得生活充满希望。

今年正月初七，你又感冒了，吃药后吐得休克过去。你被连夜送到医院抢救，人是醒过来了，可是没钱做手术。3 月 18 日，我拿着讨、借来的 3000 元钱和你的老师同学捐的 2000 多元，带你再次来到医院。

然而 5000 元只够给你交住院费，我的心头肉啊，爸爸不忍心把你一个人丢在医院啊。可爸爸要陪你的话，就得吃你的一部分医疗费，那 5000 元是救你命的钱啊！

儿子谭树清独自躺在病床上，有人问他："怪爸爸吗？"孩子摇摇头："我是他的第九个希望，也是最后一个希望。我不想让他失望，可我实在不想再拖累他了。"

他在小本子上做着这样的记录：早餐一个馒头，中餐和晚餐是 5 毛钱饭，1 块钱青菜。然后，他开始给爸爸回信——

7 岁那年我知道自己生病了，叫先天性心脏病。那年做手术后，你哭着对我说，我是最大最后的希望，一定要好好照顾自己。我当时吓坏了，我不知道心脏病是什么，但我开始特别小心。我不想你为我哭。今年过年，我隐约听到你叫了一声"心脏快停了"，就什么都不知道了。

我现在在医院表现很好，从来没有让医生护士担心。我自己铺被子床单，自己洗衣服，自己买饭菜，乖乖地按时吃药打针。

到医院的第二天早上我发现你走了，你什么都没有跟我说，在枕头下藏了 145 块 4 毛钱。我知道你是为了省钱才走的，也知道自己不能回家，我还知道爸爸肯定会来接我的。

一个人待在医院里，我很想爸爸妈妈。看着隔壁床的孩子们有很多大人围着问长问短，我只能悄悄地走出去，生怕别人注意到孤单的我。不过在医院里，也有很多人对我很好，他们走的时候给我钱，还鼓励我坚强。我把他们的名字都记在了一个小本子上，我很感谢他们。昨天下午来了个 60 来岁的奶奶，她塞给我 500 元，还给我带了一箱纯牛奶。她不肯告诉我名字，我只能记下"奶奶 500 元"，我很想联系上奶奶，告诉她，牛奶很好喝,谢谢她。

爸爸你交的 5000 元钱已经用完了,还欠了 100 多元。现在我只能用 1 元 1 毛 1 分钱的药,但我从来不怪你。我一定会争气。不再生病。

母亲心疼,来医院看孩子。她跟儿子说:"插秧季节到了,你爸爸只能赶着回家忙农活。要不插秧,你会没吃的。爸爸还得把鸡喂一下,过段时间给你带来。"

一个懂事的孩子,在用他自己的方式,向最伟大的亲情致敬!

成全一棵树

◆文/佚　名

在一个平常的春天，一位饱经风霜的母亲，向别人讨了几棵树苗。她要把树苗栽在门前。

母亲栽种完毕后，她的一个孩子从门里一拐一拐地出现了。"妈妈，把这棵小树也栽下吧！"孩子的手里擎着一棵树苗，那是她丢弃的一棵。它又瘦又小，一点儿也不强壮，甚至还有一些枯萎。

孩子吃力地站在母亲的面前。他是她最小的孩子，一生下来腿就有残疾。孩子擎着那棵树苗，满眼里都是渴求的光芒。母亲望着孩子站立不稳的腿，她犹豫了。等看到孩子眼里的那片灼灼的光芒，母亲终于点点头——就算它最终长不成一棵大树。

孩子高兴极了，小心翼翼地放下树苗，抢着去挖树坑。他人小力弱，挖得很吃力。母亲要替他挖，他不肯，硬是自己挖成了。

孩子挖的树坑比母亲挖的都大、都深。

树苗栽种下了，孩子拎起一只小水桶，到不远处的水塘里拎水。孩子一拐一拐地拎来一桶水，给树苗们浇了个饱。

以后，孩子每天都拎着水桶，一拐一拐地打来水。浇完母亲栽种的那几棵树苗，最后才浇他栽种下的那棵。

孩子浇他栽种的那棵树时，做母亲的目光是复杂的。她真的不相信那棵树苗会活过来，会长成一棵大树。她认为她的儿子，这个拐着一条腿走路的孩子，是在做着一件没有结果，同样也没有意义的事情。

可是不久，那棵树苗和其他树苗一样，也鼓出了叶子。只不过稍迟了几天,叶片稍细小了些。可不管怎么说,它活过来了,它也是一棵树了。

每一天,孩子都要拎着水桶浇树苗。孩子是认真的,他浇水也不厚此薄彼,一棵小树一桶水。那棵由他乞求母亲允许,他自己亲手挖坑栽种的小树苗,也是只浇一桶水。

小树一天一天长大。

开始的时候,那棵小树明显地不如它的哥哥姐姐们壮实,显得有些楚楚可怜。可是第二年夏天,它竟然慢慢地赶上了它的哥哥姐姐。到秋风落叶季节,它甚至比别的树都高大都壮实了。

这一年冬天,母亲做出了一项重大决定,送她这个最小的孩子也去学校读书。而在此之前,她是不想,也没有这个能力让这个孩子去学校读书。

母亲很早就失去了丈夫。她有三个未成年的孩子,她靠着自己的一双并不强壮的手养活着他们已经十分吃力了,她不可能让他们都读书的。孩子背着母亲用布片为他缝制的书包,高高兴兴上学去了。他一拐一拐地走向学校,可他的脸上却是永远像春天一样明丽灿烂!

这一年孩子 12 岁了,个子比他一年级的同班同学还要矮。

放了学,除了做作业,孩子就浇那几棵树,一拐一拐地拎着水桶奔走在水塘和树之间。

不管在谁看来,那棵本来已经失去了生存资格的树,都比别的树更青春更挺拔。

残疾的孩子每天都是高高兴兴的。别人送给他一个绰号:阳光。大家都叫他阳光,他也喜欢这个绰号。

几十年过去了,残疾的孩子已经成了一位著名的作家。在文坛上,他享有很高的知名度。他的家乡乃至县城的人,都为家乡出了这么一个大作家而感到自豪和骄傲。

成了名人后的一年，他回到了他的家乡，要接母亲出去。他的两个哥哥都在村里做农民。他的母亲，早已是满头银发了。这些年，她一直住在老屋里，儿子归来的消息使她分外高兴。这一天她早早就在门口迎接儿子。

和母亲同在门口的还有那几棵树。他是乘坐着一辆小轿车回来的，但是没有让车子进村。从村头他就下来自己走路，一拐一拐地走向自己的家。远远地他就看到了家门口的树——那高大的、快有一抱粗的树使他一下子回到了他的从前……

他看见了自己的母亲，她倚着树。他的心里一热，急急忙忙冲了过去。在那棵他亲手栽种的树下，他把他的母亲搂在怀里。他发现母亲是真的老了，身子轻得像一片树叶。他叫了一声娘，就再也说不出话来。

他在老屋里住了半个月，每天都陪着母亲说话，一拐一拐地扶着母亲到门外树下的青石板上坐。有一天说起身边的树，他忽然神秘地说："娘啊，你知道这棵树为什么比那些长得快吗？这里面，有一个谁也不知道的秘密呢。"

母亲望着已人到中年的儿子，望着他那一脸的得意，她平静地笑了。在儿子准备说出那个秘密时，她点点头说："其实娘早就知道。那树长得高长得快，还不是你每天半夜起来喂它一泡童子尿？开始我也纳闷儿，后来有一天半夜我悄悄跟着你出去了，我看见你一边喂它一边说小树快快长大吧……孩子，你知道我为什么改变了主意，让你上学了吗？就是因为我看见你每天半夜去偷偷喂那树童子尿啊！"

他一下子怔住了。原来母亲早就知道了这一切，可母亲却直到今天才说出来。如果不是他自己要说，只怕母亲一生一世都会守护着这个秘密的。

他无语凝噎。许久许久，他扑通一声跪了下来，跪在了母亲的面前。他明白了母亲，他终于明白了母亲。母亲的心永远是一颗母亲的心。当然,是做母亲的首先懂得了自己的儿子。既然你像一棵小树苗一样钻出了地皮,母亲又怎能不给你一次长大长高的机会呢?

而这样的机会,就成全了一棵树的一生。

这有多么的重要!

从瞬间到永恒

母亲的心细腻而温柔,她懂得了儿子那份渴望的心,并给予它精致的呵护,终于使"小树苗"长成了"参天大树"。

废墟上的奇迹

◆文/佚　名

在土耳其旅途中,巴士行经 1999 年大地震的地方,导游说了一个感人的故事。故事发生在地震后的第三天……

地震发生后,许多房子都倒塌了,各国来的救难人员不断搜寻着可能的生存者。第三天,他们透过废墟的缝隙,看到了一幕难以置信的画面:一位妇女用手撑地,背上压着不知有多少吨重的楼板和石块。她听到救援人员的呼叫,便用嘶哑的声音哭喊着:"快来救救我的女儿,我,我快撑不下去了……"

人们看见,在她用手撑起的一小块安全空间里,安稳地躺着一个幼小的女孩。

救援人员大惊失色,迅速跑过去,用尽力气搬掉上面和周围的石块,希望尽快解救这对母女。但是,石块那么多,楼板那么重,怎么也无法尽快地清理到她们身边。救援人员一边哭,一边挖,苦难而慈悲的母亲苦撑着,等待着……

媒体记者拍下了这一感天动地的画面……

救援行动从中午进行到深夜。终于,一名高大的救援人员伸手够着了小女孩,慢慢将她拉出来,放到担架上。

医生检查了一会儿,摇摇头,低声说:"她已气绝多时。"

母亲急切地问:"我的女儿……她没事吧?她才 7 岁。"

认为女儿还活着,是她苦撑三天的唯一理由和希望。

这名救援人员终于受不了了,放声大哭:"对,她还活着!我们现在要把她送到医院,然后也要把你送过去!你要顶住啊……"他们知道,如果母亲听到女儿已死去,必定失去求生的意念,松手让土石压死自己,所以骗了她。

母亲疲惫地笑了。随后,她也被救出送到医院,她的双手僵直无法弯曲。影像检查发现,两臂骨头大面积碎裂……

不难想象,母亲经受了多么骇人的痛苦!

隔天,土耳其报纸在头条位置刊登了记者在现场拍到的照片,标题是《这就是母爱》。

长得壮硕的导游说:"我是个不轻易动感情的人,但是看到这则报道,我哭了。以后每次带团经过这儿,我都会讲这个故事。"

其实不只他哭了,在车上的我们,也哭了。

母爱是伟大的创举,是神圣的召唤,是永恒的美丽,是无私的奉献。

真希望天下所有的人都能体谅母亲的情怀,报答母亲的恩情!

母爱是伟大的创举,是无私的奉献。在废墟中为女儿腾出一方空间的母亲创造了奇迹。

病房里的感动

◆文/佚　名

晚上 9 时,医院外科 3 号病房里新来了一位小病人。小病人是个四五岁的女孩。女孩的胫骨、腓骨骨折,在当地做了简单的固定包扎后被连夜送到了市医院,留下来陪着她的是她的母亲。

大概因为是夜里,医院又没有空床,孩子就躺在担架上放在病房冰冷的地板上。孩子的小脸煞白,那位母亲一直用自己的大手握着孩子的小手,跪在孩子的身边,眼睛一眨也不眨地盯着孩子的脸。

"妈妈,给我包扎的叔叔说过几天就好了,是不是?"

"是!"母亲的脸上竟然挂着慈爱的笑,好像很轻松的样子。

"妈妈,那要过几天?"孩子的声音很小。

"用不了几天,孩子。"

孩子没有说话,闭上眼睛,眼泪流了出来。

过了一会儿,孩子说:"妈妈,我疼!"

母亲弯下身子,把自己的脸贴在孩子的小脸上,用自己的脸擦干孩子的泪水。当她抬起头的时候脸上依然挂着那种轻松的慈爱的笑:"妈妈给你讲故事好吗?"孩子点点头,眼泪还是不停地流下来。

母亲讲的故事很简单:大森林里的动物们都来给大象过生日。它们各自都送给大象珍贵的礼物,只有贫穷的小山羊羞怯地讲了一个笑话给大象,大象却说,小山羊给大家带来了欢乐,它的礼物是最值得珍惜的。

不知道母亲为什么选了这样一个故事。孩子的眼睛亮起来,她一边用手抹眼泪,一边用快活的声音说:"妈妈,它们有蛋糕吗? 我过生日的时候你是不是也会给我买最大的蛋糕？"

"当然要买蛋糕，等你好了，出院的时候我们就一起去买蛋糕。"母亲的声音那样轻快，孩子也笑了。

"妈妈，再讲一遍。"于是，母亲就一遍一遍地讲下去，她的手一直握着孩子的小手，脸上挂着轻松的慈爱的笑。

女孩终于忍不住了，眼泪再次流下来："妈妈，我很疼！"并轻声哼起来。母亲一边给孩子擦眼泪一边问："你想大声哭吗？"孩子点点头。病房却是出奇的安静，不知道是不是大家都睡了。那时已经是夜里11点多了。

"让妈妈陪你一起疼好吗？"孩子点点头又摇摇头。母亲把自己的手放在女孩的唇边说："疼，你就咬妈妈的手。"孩子咬住了她的手，可是眼泪还是不停地流。

后来，孩子终于闭上眼睛睡着了，脸上还挂着泪水，母亲这时却是泪流满面。

凌晨3点的时候，孩子就从梦中疼醒了，她叫了一声"妈妈"，就轻轻地抽泣起来。母亲忽然没了语言，她不知所措了，嘴里只是轻轻地叫着："我的孩子！"

"孩子要哭，你就让她大声地哭吧。"一个声音在房间里响起。"孩子你哭吧。"房间里的人一齐说。他们竟然都是醒着的。

母亲看着孩子的脸，说："想哭就哭吧，好孩子。"

"妈妈，叔叔、阿姨不睡了吗？"孩子哽咽着问，眼泪浸湿了她的头发。她的小脸像个天使。

屋子里能走动的人都来到了孩子的跟前，一名40岁左右的妇女拿起一个橘子，一边剥皮一边说："吃个橘子吧，小宝贝，吃了橘子，你就不疼了。"说着眼泪滚落在孩子的脸上。孩子吃惊地看着她，然后伸出自己的小手去擦阿姨脸上的泪。那女人更止不住地哭泣起来："我从来没看到过这么懂事的孩子……"

　　那一夜，大家都没有再睡，大家都被感动着，被那孩子感动着，被孩子的母亲感动着。

　　有如此称职的母亲才会有这样优秀的孩子。

从瞬间到永恒

　　母亲留给孩子的，不只有关爱和呵护，还有孩子享用不尽的精神财富。

姐姐，你是我第一个在雨里等候的女生

◆文/于筱筑

一

我不是一个自私自利的孩子，至少不全是。但是我实在是不喜欢于庚糠。我讨厌他的成绩老是那么优秀，我讨厌大家的眼光都集中在他身上，我讨厌有大帮女孩子围着他转。所以我把他的奖状撕烂，我把他的大苹果换成我的小苹果，我用粉笔在他光光的头上乱涂乱画，我把橡皮包在糖纸里给他吃。为此我更加被责骂，为此我更加不喜欢他。

那时候我13岁，于庚糠10岁。

爸爸妈妈要加班，我第一次被允许周末可以到郊外的姥姥家玩，但条件是必须带上于庚糠。为了可以吃到外婆用沙罐熬的肉粥和可以和一大帮孩子到田野里捉迷藏，我违心带上了他，还答应要把他照顾得好好的。可是下车的时候我就把妈妈给他的钱抢了过来，还恶狠狠地恐吓他不准告诉妈妈。

我提前一站下了车，我在小路上走得飞快，我故意不等他，然后我看见他跌倒在路上，我哈哈大笑。然后我一直走一直走，可是等我快走到外婆家时再回头，他不见了。

我赶忙回过头去找他，可是我找遍了整条路都找不到。天渐渐地黑下来，田野里一个人都没有。我大哭，又惊又怕地回到外婆家，一进门就看见他坐在地上冲我笑，我冲过去拼命地拧他："看你还敢乱跑，看你还敢乱跑……"

但他不哭,也不跟妈妈告状。

于庚糠是我弟弟。

二

我一直以为爸爸妈妈是不爱我的——他们会在有客人的时候表扬于庚糠而不是我,他们会在吃饭的时候给于庚糠夹菜而把我晾在一边,尽管我一直很努力地表现自己。

所以我把对父母的不满全部撒在了于庚糠身上。我抢他的零食和画笔,一直到他长得比我高,我自以为打不过他了为止。可是他还是会让着我,有什么好东西会跑到我床边:"姐姐,你要不要?"而我总是嗤之以鼻不屑一顾,然后趁他不注意或者睡着后偷偷拿过来。妈妈发现后会骂我,我就会说是他自己不要给我的,而他则不说话,盯着我看。

我上初二时他上五年级。他每次放学都会等我一起回家。有一天,我故意从后门溜了。欢天喜地地往家赶,可是在路口一个骑车的妇女从拐角杀出来撞倒了我。我疼得坐在地上直掉眼泪,可是她却抓住我不放,说我把她的车撞歪了……围观的人越来越多,我委屈得说不出话来。在我低着头搓自己的衣角茫然不知所措的时候,于庚糠冲到我的身前,护住我:"不许欺负我姐姐。"然后他转过头,用手擦我脸上的泪,说:"姐姐,我们回家。"

回家的路上,我拖住于庚糠的手,他抬头看我:"姐姐,你平时对我都这么厉害,现在怎么能让别人欺负呢? 不过你别害怕,我以后保护你。"

我的眼泪又掉下来。我看到他的脸红红的。

那是我第一次拖他的手。

三

他跟在我屁股后面一直到我考上另外一所学校念高中。可是就当我觉得少了什么开始思念起他的时候，又一件令人难堪的事发生了。

我在学校上到第四节课的时候，窗外开始下起瓢泼大雨。我走出校门，看到校门口黑压压站了好多家长。我睁大眼睛，可是怎么也找不到属于我的身影。雨很大，很多同学都站在门口，我站在人群中，看着连绵不绝的雨，知道爸妈是不会来接我了，我一咬牙冲进了雨里。

回到家，妈妈一边给我递上热毛巾，一边埋怨："这么大的人了，也不知道等雨停了再回来。"我换完衣服出来的时候，看见正在开门的爸爸和手上拿着两把伞的于庚糠。

于庚糠很惊讶地问我："姐姐，没有人给你送伞？"我一股怨气冲上来："你少假惺惺！他们什么时候关心过我？以前我们是在一个学校，现在不在一起了谁会管我的死活？"

大家看着我，都呆了，一向在家里对父母毕恭毕敬的我第一次这么大声地说话，我干脆一口气吼出来："从小到大，你们什么时候关心过我的感受？什么事都以他为中心，什么东西都给他最好的。可是我要的只是和其他同学一样——只是想下雨的时候有个人接我回家，我要的只是一场雨，还有雨中等我的属于我的身影。可是你们都不给我！"

说完我就冲回了房里。

四

从此以后，我开始不断地努力。我一定要比于庚糠优秀，我要彻底改变爸妈的看法，我要让他们为对我不好而后悔。

而后来下雨的日子里，校门口多了一个等我的身影——姥姥。

高三那一年，为了更好地准备考试，我住进了学校。我没怎么回家。而在一个春寒料峭的清晨，我却突然发现妈妈站在了教室外面。

姥姥去世了，脑血栓。

我坚持要捧着姥姥的骨灰盒上山。很长的送葬队伍，我和于庚糠走在队伍的最前面。山路陡峭,他好几次要帮我拿手上的骨灰盒都被我拒绝了。姥姥是对我最好的人,我怎么能连送她一程都不送到底?姥姥的坟前,我长跪不起,暗暗发誓要考一所好的大学。

下山的时候,突然觉得身上很温暖,而山风刺骨,我转过头,于庚糠把他的衣服披在了我的身上。我要拿下,他按住我:"姐姐,我不冷。"

流火的夏天,我考上了城里数一数二的大学。

放榜的那一天,妈妈邀了好多人到家里来庆贺。我感动极了,跟妈妈说,以前是我不懂事,让你们费心了。妈妈看着我:"终于是大孩子了,以后别再欺负你弟弟。"我不好意思地低着头,看着和爸爸在一起的于庚糠,他已经是大孩子了。

在一旁插话的姨妈说:"姐姐是没有弟弟受宠的。可是弟弟倒懂得对姐姐好,还叫姥姥每次送伞给你。我看,你们俩应该换过来。"

说完他们哈哈大笑。

五

我没有再拖过他的手,已经有许多女生喜欢他了。但是从姥姥去世后,我们一直很好很好,我还问过他有没有女生喜欢他,告诫他一定不能荒废学业,最起码也得考上大学再说。

他果然没有辜负我的期望。

得到他考上大学的消息我急急忙忙往家赶的时候,天上正飘着毛毛细雨,我抱着书本冲出校门,看到于庚糠正站在校门对面等我。

他走过来,很高很帅的样子,说:"姐姐,这是我第一次在雨里等女生。"

我看着他,想起那个以前我在他头上画乌龟的小男生;想起走到我床边问我要不要好东西的小男生;想起挡在我前面说要保护我的小男生;想起在山路上给我披衣服的小男生……

我对他笑："瞧你，都快把我感动得哭了。"

其实我已经哭了。

在雨中等"我"的弟弟，帅气而高大，已不再是当年抢走"我"的爱的小毛孩，而是能够照顾"我"的大男生，"我"的宝贝，"我"的亲人。

手足情深

◆文/月 儿

我一直珍藏着一张照片：并肩坐着的两个小女孩，一个歪着头，满脸机灵样，另一个规规矩矩，憨厚地笑着。这是我与姐姐多年前的照片。

姐姐大我3岁，可她没有我的鬼点子多。那时候，小女孩的游戏就是跳绳、跳皮筋之类。我成天跟在姐姐后面，像个小尾巴。只要有姐姐的地方，就一定能看见歪着头的我。

一个星期天，我与姐姐在家里做作业。从远处传来了隐约的锣鼓声，我丢下笔就往外跑，姐姐也跟着我出去看热闹。原来是一个什么宣传队在大街上游行。我看着红衣绿裤的宣传队员，兴奋极了，拉起姐姐的手跟在游行队伍后面走。她有些犹豫，我鼓动她说："我们跟他们走一段，看他们会不会停下来表演。"

结果，这一走就是几条街。等我和姐姐回家时，一上午时间已经过去了。迎接我们的是怒气冲冲的爸爸。我知道闯祸了，不敢看爸爸发怒的脸。

爸爸："说！你们跑哪去了？"

姐姐怯生生地说："去看游行了。"

爸爸："作业也没做，饭也没煮，"然后转向我问，"到底是谁出的主意？"

我知道爸爸一定怀疑是我，因为姐姐一直很听话，是大人们眼中的乖乖女。可我不敢承认，怕挨打。我不吭声，转身看着姐姐。

爸爸更气了，他没想到竟然是平时听话的姐姐带头出去玩的。爸爸找来妈妈的毛线针,说:"谁出的主意谁就把手伸出来!"

姐姐仍然低着头,慢慢地伸出了手,爸爸重重地打了姐姐两下,姐姐的眼泪出来了,我也"哇"的一声大哭起来。

我被爸爸的愤怒吓坏了,同时也为连累了姐姐而难过。这是我记忆中,姐姐唯一一次挨打——还是帮我受过。

随着年龄的增长,我发现姐姐越来越漂亮了。与她相比,我简直就是一只丑小鸭。我不服气,经常在父母面前责怪他们把所有的"优点"都遗传给了姐姐,传给我的却是"缺点"。

姐姐上高中时,学校离家比较远。她中午不回家吃饭,每天早上就带一个饭盒,装上饭菜,中午用开水一泡就对付一顿。

一天下午,姐姐回家时脸色特别难看,还用一只手捂着肚子。我问:"姐,你怎么啦?"

姐的眼睛一下红了。原来是她班上一个特别调皮的男生,连着几天上午上课时,都把姐饭盒里的菜偷吃了。姐姐生性老实,也不敢告诉老师,只有忍气吞声吃白饭。

看着姐姐难受的样子,我突然觉得自己好不懂事。我每天中午都能吃上父母做的热热的饭菜,生活在父母的庇护与关怀下,可我居然还不知足,还要嫉妒姐姐。

因为长期吃饭没规律,姐姐得了慢性胃溃疡,病痛经常折磨着她。那时候,姐姐脸上很少有笑容,总蹙着眉,忍受着痛苦。后来姐姐又独自一人在外读书、在外工作十余年。接着又经历了工作调动、婚姻不幸的坎坷。而与她相比,我的生活就顺畅得多了。我有一副好身体,从小到大几乎没有打过针,而且我一直生活在父母身边,享受了父母所有的爱,包括姐姐应得的那份。现在看来,姐姐就继承了父母相貌上的优点,其余的一切,都被我独占了。

我一直认为,我的姐姐是世界上最好的姐姐。她对我的关心与照顾,好像是与生俱来的,不需要刻意的表现与说明,她的一句话、一个细微动作中,都透出对我的手足情来。我想,只有姐姐的美丽与善良,或者只有我的健康与机灵,都不太完美。只有将这些优点放在一对令人羡慕的姐妹身上,并在相互的关怀与浓浓的亲情中体现出来,才是最完美元瑕的。

我要为姐姐祈祷,祝愿她好人一生平安,并祈求上苍:来生让我还做她的妹妹。

善良美丽的姐姐是"我"的朋友、伙伴,更是血浓于水的挚爱亲人。

雪落无痕，真爱无声

◆文/佚 名

对于雪，我总是有着一种特殊的感情。不为别的，只为它下时的无声无息、极度的宽容与包容着地面上的一切，像母爱。

那年夏天，我收到了来自北方城市的一所大学的录取通知书。全家上下就跟过年过节一样，一片喜气洋洋，尤其是母亲，嘴巴一直没有合拢过，还翻出了好久未穿过的新衣服，里里外外地忙开了，置办酒席，宴请亲戚朋友。等这一切忙完了，好不容易清静了几天，母亲又忙开了。

这次是她一个人躲在卧室里，连平时最爱看的电视剧也不看了。我虽然感到奇怪，却没想太多。直到有一次去父母房里拿点东西，才看见母亲一个人默默地坐在台灯下，面前放着一本编织书，而母亲则拿着已织好的半截毛衣上的织针，双手生硬而费劲地挑来挑去，一会儿看看书，一会儿打几针，一会儿又折几针。我和小妹只在小时候穿过母亲织的毛衣，离现在已有十几年了，不知母亲何以再拿起了织针，织起了毛衣。我问了一声："妈，你在干什么？"

母亲停了一下，扬起了手中的半截黄色的毛衣，有一点兴奋："看，给你打的毛衣。听说北方比这边冷，雪也下得早，打件毛衣给你冬天穿。"母亲叹了口气，似有一点感慨："好久没打过毛衣了，有十几年了吧！想当年你们冬天穿的都是我打的毛衣，现在学都学不会了。"

我有点不以为然，一把抢过母亲手里的毛衣扔到一边，说："现在还是夏天呢，怎么就想到冬天去了。况且，外面满大街都有羊毛衫卖呢！"母亲捡起了毛衣："傻孩子，外面卖的没打的暖和。"我说："那外面卖的可是纯羊毛的呢，比这暖和10倍不止，而且又好看又流行，谁还穿这古董一样的毛衣啊!"不由分说又将毛衣扔到一边,拉起母亲的手,拖着她去看电视。母亲勉强跟在后面,坐在电视机前,眼睛左顾右盼,全然没有心情看电视,一直念叨着:"打的毛衣也可以打出很多式样的……"

临走前一天,母亲又将我准备好的行李打开来,认认真真、仔仔细细地检查了一遍……这已是第三遍了,确认无误后才收拾好,然后坐在一旁盯着行李,想着还有什么没带的。那目光使我不忍多看,好像丢失了什么似的。

带着新鲜与紧张的心情,我终于踏上了北上求学的路。毕竟这是我第一次出那么远的门,总想着外面的世界的精彩,全然没有觉察到父母眼里的那种恋恋不舍和放心不下。母亲一直在耳边说个不停,什么"一个人出门在外,要自己小心啊","要照顾好自己啊","要吃饱啊","不要饿着啦,不要冻着啦"等等,断断续续地传过来又远去了,让我觉得有一点烦,只以点头和"嗯""好"应对。等到火车启动了,看到满车厢里全都是陌生的脸时,我的心才一颤,这次是真的自己一个人了,忙去搜寻父母的影子。车窗外,父亲母亲相扶着,盯着我所在的车厢,母亲的眼里早已是噙满了泪水。我突然有了一股想哭的冲动,最后还是强忍住了,男儿流血不流泪,这一直是我作为男儿的一种信仰。

开学的第一天,晚上冲完凉后,我将要洗的衣服随手扔在了床角,到第二天要穿的时候才发现它们还在原地;每天下午一下课,便冲出教室往校门外跑,这才记起此处离家已是千里;每次吃完最后一口饭,习惯性地总想点一下头,这才记起已没有了母亲的关怀:"吃饱了没有?"

经过一段新鲜与适应,日子慢慢趋于平静,我渐渐习惯了自己的衣服自己洗;习惯了下课了就赶着去饭堂吃饭;习惯了自己问自己吃饱了没有。这一切,在家里都是由母亲代劳的。一想到这些,心情就变得复杂起来,平时一些看似微不足道的事,如一顿供你挑剔的饭菜,一件仍带有清香的干净衣服,都是那么平平常常、普普通通;等到离家远了,一切都得靠自己了,才发现母亲所给予自己的原是那么多。平时没有发现,是它不露一点痕迹,还是你身处其中,习惯了从而漠视了它呢?

日子就这么过着,我写给家里的信也逐渐减少,而母亲的来信却丝毫没有放慢脚步,一封紧似一封地传到我的手上,如一眼幽泉般,徐徐地送来甘甜的母爱,滋润着我因远离故乡、远离父母而变得脆弱的心。母亲在信中始终不变的话题是:"这几天的温度是 17—19℃,会有大雨,别忘了带伞,当心感冒。""这几天的温度是 18—21℃,会出太阳,别忘了晒晒被子……"母亲的家书就像是一个准确的温度计般,测量着我周围的一切。可以想象,母亲现在最爱看的电视节目就是天气预报了吧?每天7 点半,新闻联播一完,母亲就会停下手中正在洗的碗或衣服,认认真真、一字不落地倾听我所处的城市的天气变化,恨不能自己就变成了控制天气的雷公电母,给我以一生的风和日丽、晴天碧日吧?然后她又会逼着父亲拿出那张看了无数遍的中国地图,仔细地按图索骥,找出我所处的城市的地理位置,默默凝视这个容纳着自己的儿子的地方。当母亲信中的温度慢慢降到了四五摄氏度的时候,我才蓦然发觉,这个秋天已经过完了。老天爷总是阴沉着脸,丢失了先前的热情。母亲在信中写道:"冬天到了,多穿点衣服,有空再去买几件厚点的外套,不要怕去逛街。……要不我给你买了寄过去吧?"母亲仍记得我最怕的就是去逛街,所以我的大部分衣服都是母亲帮着去买的。我回信道:"不用了,我自己会去买的。"而我要买的那些衣服,在我把所有的厚衣服都加在身上仍能感觉出寒意时,仍没有买回来。只有躲在厚厚的被窝中才能感觉到一种踏实的温暖。想起母亲来,才发觉她是多么的有先见之明。这床棉被是家里最厚的一床,当初我不肯带,是母亲硬逼着我带来的。理由是外面卖的没有家里的暖和。到现在我终于知道家里的任何东西都要比外面的好,真的。天空低沉得似乎触手可及,北风呼啸着发出狂妄的吼声,目空一切。我躲在被窝中窃笑:是没有多少东西可以跟你抗衡,但是我有母亲准备的棉被,有母亲的爱,已足够藐视你了。

中午吃饭的时候路过通告栏,顺便看了一下,有我的信和一个包裹,是母亲寄来的。会是什么呢？我猜测着。领回来拿到宿舍一打开，一件黄色的毛衣膨胀着露了出来——是今年夏天母亲打的那一件。"龙儿，这几天天气预报说你们那里可能会下雪，要多穿点衣服。这件毛衣这两天打好的，冷时就穿上吧！"我一把抓起毛衣，掌心里一团柔柔的，暖暖的。仿佛又看到了母亲默默地坐在台灯下，前面放着编织书，认认真真地用生硬的针法，把一颗爱心融于一条细细的、长长的毛线，绕上千丝万缕的思念，一针一线织就了这件厚实的毛衣。穿在儿子身上的，是母亲的一颗心啊！蓦地想起一首诗：慈母手中线，游子身上衣。临行密密缝，意恐迟迟归。谁言寸草心，报得三春晖。

"临行密密缝，意恐迟迟归……"我念叨着。突然明白了母亲为什么会在我要走的时候想起为我打一件毛衣，而我呢？却将母亲的一份爱子之情，扔到了一旁。不禁感从中来，反问自己：我将如何去报答母亲的恩情呢？感觉着远方母亲的爱，喉间忽然一紧，鼻子一酸，一股暖流从脸上划过，又流入了心里。那个男儿流血不流泪的信仰被我抛诸脑后，泪水终于再也忍不住了。

第二天一早醒来，窗外已是白茫茫的一片了，昨晚下了入冬以来的第一场雪。雪下得无声无息，覆盖了一切，充斥着每个人的眼睛。一场平凡的雪，却又是不平凡的。它给人们带来了一个全新的世界；给我，开启了一扇通向母亲情感世界的大门，让我可以更清楚地认识母亲对于子女们的爱。

我将母亲织的毛衣穿在了最外面，此刻，心里已没有了一丝寒意。

从瞬间到永恒

有了这种无私的、自我牺牲的母爱的帮助，"我"的心灵再也不是一片荒芜。

母爱的香味

◆文/佚 名

　　我是提前两个月打电话回家告诉母亲我结婚的日期的,电话里明显感觉到母亲幸福的笑。母亲说,那我要好好准备准备。我知道母亲所说的准备是什么含义,就连忙说,经济虽然有点紧张但我们已经准备得差不多了,你空手过来就行了。母亲说,这个我知道。挂上电话还是不放心,又打电话给姐姐,叫姐姐一定要回家说服母亲:第一,叫妈不要再向亲戚邻居借钱了,我们的钱已经够了;第二,不要再大包小包地带咸肉、香菇、笋片等土产,带来用不上,再说城里都有。

　　半个月后,姐姐打来电话,说:"妈真是老糊涂了,怎么讲她也不听,翻箱倒柜地收拾了几大包东西,有以前存下来的布料、布鞋、山芋干……"听到这些我就有些不耐烦了,问到底怎么办呢?姐说,目前是没办法了,只有等到走的那天,上车之前再强行把这些东西丢下。我说,好,只能这样了。

　　母亲是提前一天来的,由于婚礼的琐事繁杂,抽不出时间接站,只能按原计划,由姐姐陪同先到附近旅社住下。第二天婚礼开始之前,才和妻一起把母亲接出来。母亲见到我和妻的第一句话就是:"这次真的什么也没准备,什么也没带。"说这话时,母亲就像是个承认错误的孩子,满脸的歉意。姐姐一见到我就抱怨,妈也不知道整天在忙什么,临走的时候才发现自己居然几天没洗头,昨天刚到旅社就叫我帮她洗头。母亲一言不发,只是傻傻地笑。

　　办完婚事的第二天,母亲就要回家。临走前,母亲变戏法似的从旅社的床底下摸出一个大袋子，说："这次什么也没带，就带了几棵兰草。"
姐姐说："拦下了好几包东西，就是没拦下这包。"数一数，一共八棵，棵棵
都有一株嫩白色的花箭，每一棵兰草的根都糊上了一层湿湿的田泥。母
亲说："这些都是走之前才从山上挖回来的，回去找个地方栽起来，过不
了几天就会开花的。"

母亲走后，妻挑了一棵根叶茂盛花
箭粗壮的兰草，栽在阳台的花盆里，剩
下的几棵分给了邻居和同事。大约10
天之后的一个早晨，隐约闻到一阵久违
了的花香，走到阳台一看，兰草开花了，
原先的花苞在一夜之间打开了，露出一
片片暗红色的"小舌头"。妻一边兴奋
得手舞足蹈，一边还在懊悔当初没有多栽几棵。

打电话告诉母亲，兰草花开了。母亲说，是吗，这么快就开了。我能
明显地感觉到母亲说话时的喜悦，可我却不知道为什么突然感到鼻子一
酸。那些顶着细小露珠的花蕊，暗红的颜色让人感觉温暖，那旧旧的红
像极了母亲，而淡淡的花香，更是浓浓的母爱。

从瞬间到永恒

兰草的香味就像母爱的香味，淡淡的，很优雅，又历久弥新……